MROZEK

ein Paragraphoman

AF139146

BOOKS on DEMAND

für Peter

Ramona Ambs

MROZEK

Heidelberg November 2015
© Ramona Ambs 2015

Alle Rechte am Werk liegen beim Autor

Cover/Grafische Umsetzung:
Doro Nickl-Dobler http://nickl-dobler.de/

Ramona Ambs
https://www.autorenwelt.de/users/ramona-ambs
ramona.ambs@googlemail.com

Herstellung und Verlag: BoD – Books on Demand,
Norderstedt
ISBN 978-3-7386-4264-3

Vorbemerkung

Die Würde des Menschen ist paragraphierbar. Und nicht nur die Würde, sondern auch der ganze restliche Rest, der sich Leben nennt.

Es sind Paragraphen, die dich als Kind in die Schule schicken und Paragraphen, die bestimmen, wie du beerdigt werden darfst. Paragraphen sind überall. Und dabei sehr heimtückisch. Man kennt sie nicht, weiß nicht, wie sie genau heißen, aber wenn man sie übertritt, dann lernt man sie von ihrer unangenehmen Seite kennen. Das ist nicht gerade sympathisch. Dabei sieht der kleine Paragraph so nett aus:

§

Wie eine Acht, die heimlich durchs Gebüsch gekrochen ist. Oder wie zwei große S, die akrobatische Übungen für eine Zirkusvorstellung machen. Oder wie ein kleines e auf einem besonders schnellen Karussell. Jedenfalls sieht der Paragraph ganz lieb aus.

Und lieb aussehen, wenn man sonst nur aus Buchstaben besteht, die einem das Leben schwer machen, das ist schon immerhin etwas.

Zum Glück gibt es noch keinen Paragraphen, der besagt, dass Bücher zwangsläufig aus einzelnen Kapiteln bestehen müssen. Deswegen wird diese Geschichte auch in Paragraphen, statt in Kapiteln, erzählt. Das passt viel besser. Denn alle Figuren, die hier so durch die Seiten stolpern, haben Probleme mit Paragraphen... -und mit dem restlichen Rest, der sich Leben nennt.

§ 1

Sie steckt mit ihrem Rollator im Schnee fest. Das tut sie dauernd. Sie wuchtet sich mit dem sperrigen Ding raus auf die schneebedeckte Wiese hinterm Haus, ächzt ein paar Meter voran und bleibt dann etwa in der Mitte des Gartens stehen. Dann streckt sie ihre Zunge raus und versucht damit Schneeflocken zu fangen.

Wie viele Schneeflocken auf ihrer alten Zunge schmelzen, bis sie bemerkt wird, ist täglich unterschiedlich. Aber wenn sie dann, unter großem Geschimpfe wieder ins Heim zurück gebracht wird, haben sich ihre dicken Stoffpuschen mit Wasser vollgesaugt und dann streift man sie ihr von den Füßen, stellt sie zum Trocknen ins Bad und schnallt Rosalind wieder am Bett fest. Rosalind schluckt dann brav ihre Pillen und schläft meistens durch bis zum nächsten Tag. Wenn dann aber ihre Schuhe getrocknet sind, sie vom Bett losgeschnallt wird und sie sich am Frühstückstisch gestärkt hat, dann schiebt sie ihren Rollator wieder nach draußen. Zum Schneeflockenfangen mit der Zunge.

Rosalind ist dürr. Das wird man, wenn man nur ein Frühstück hat und zum Nachtisch Schneeflocken mit Schlaftabletten. Weil, man verbraucht ja auch im Schlaf Kalorien. Immer wenn ich die Werbung von Schlank im Schlaf sehe, denke ich an die dürre Rosalind. Denn: wer schläft, der isst nicht. Langfristig spart man so ne Menge Geld. Rosalind ist für das Heim und die Pharmaindustrie ein echtes Geschäft. Manchmal halten die Pillen aber nicht so lange. Kürzlich ist sie mitten in der Nacht aufgewacht und wollte den Sonnenuntergang angucken. Ich hatte Nachtdienst und das mag ich am liebsten, aber Rosalind mag die Nacht nicht. Sie mag tanzende Schneeflocken und Sonnenuntergänge. Aber nicht was danach kommt. Die Nacht also ... Ich versteh das. Jedenfalls stand sie vor mir und wollte einen Sonnenuntergang sehen. Also hab ich meinen Laptop rausgeholt und auf youtube einen Sonnenuntergangs-Clip für sie angeklickt. Sie hat den Film viermal hintereinander geguckt. Dann wollte sie frühstücken. Aber es war noch viel zu früh, und deshalb haben wir zusammen die Haferkekse aus dem Aufenthaltsraum gegessen. Rosalind war bester

Stimmung und ich war traurig, als die Nacht zu Ende war und der Morgendienst mich abgelöst hat.

Ich bin noch nicht lange hier. Drei Monate, um genau zu sein. Das ist eine ABM, eine Arbeitsbeschaffungsmaßnahme, die heutzutage aber EEJ heisst. Also Ein Euro Job, vermittelt von der ARGE, die eigentlich Arbeitsamt heißt. Namen ändern sich, aber der Mist bleibt der Gleiche. Jedenfalls soll das eine Chance sein für Leute wie mich, die auf dem normalen Arbeitsmarkt keine Chance haben. Ich habe keine Chance. Ich habe meine Schule in der elften Klasse erfolgreich abgebrochen, um als Puppenspielerin mit Matteo durch die Welt zu ziehen. Er kam mit seinem Marionettentheater in unsere Stadt und gab abends am Uniplatz eine Vorstellung. Ich habe mich sofort verliebt. In ihn und in seine Puppen. Ich war siebzehn, hatte die Nase voll von Schule und meinem versoffenem Vater und als ich Matteo mit seinen Marionetten sah, wußte ich sofort, dass ich mit ihm zusammen sein wollte. Und weil ich nichts zu verlieren hatte, hatte ich es ihm auch genauso und ganz direkt gesagt. Er mochte es. Er mochte mich und drei Tage später, als er weiterzog, saß ich mit meinen wenigen Habseligkeiten in einem kleinen Koffer bei ihm im Wagen. Wir waren ganze zehn Jahre zusammen unterwegs. In ganz Europa. Und wir waren glücklich. Dachte ich zumindest. Ich war es wenigstens. Und eigentlich lief unser fahrendes Theater auch gut. Unser Leben von Stadt zu Stadt, abends spontan Vorstellungen geben und danach mit Hut durch die Reihen tingeln. An manchen Sommerabenden verdienten wir dabei so gut, dass wir genug zum Zurücklegen für die Wintermonate hatten, in denen - außer am Rande der Weihnachtsmärkte - oft kaum was in die Kasse kam, und wir in unserem Wohnbus froren und manchmal auch hungerten. Aber wir liebten uns, wir hatten unsere Marionetten, viel Phantasie und Lust auf dieses wilde schöne Leben.

Aber dann hat sich Matteo entliebt und mich ausgesetzt. Ziemlich abrupt. In dieser Stadt. Zu Beginn diesen Jahres. Im kalten Januar.

Geblieben ist mir nur die Eisprinzessin, eine kleine Holzmarionette, die ich heimlich in meinen Koffer mit eingepackt habe, als ich aus unserem - also aus Matteos - Wohnwagen ausgezogen bin. Sie hängt nun in meinem Zimmer am Fenster und starrt nach draußen, als hätte sie unendliches Fernweh.

Das war eigentlich Diebstahl, aber ich wollte mich nicht einfach so wegschicken lassen, so ohne nichts. Ein Marionettenkind wollt ich bei mir behalten - und die Eisprinzessin wurde immer von mir gespielt...

Ich verstehe bis heute nicht, warum sich Matteo entliebt hat und warum er mich weggeschickt hat, und warum ich nichts davon gemerkt hab, aber letztlich ist es egal. Als ich vor dem Wagen stand mit meinem Koffer und Matteo abfuhr mit seinen Puppen, sind auch alle meine Träume davongefahren. Und meine Kraft. Sonst wär ich ja nicht einfach hier geblieben, wär nicht einfach ins nächstbeste WG-Zimmer gezogen und hätte mich ganz sicher nicht beim Arbeitsamt arbeitssuchend gemeldet. Hab ich aber. Das alles. Weil ich nicht gewusst hab, wohin und was nun. Weiß ich immer noch nicht. Manchmal denk ich, ich sollte versuchen, wieder irgendwas aus meinem Leben zu machen. Aber da ist nichts mehr. Nur eine große Leere und Ahnungslosigkeit. Und ein schwarzes Loch, das Matteo mir hinterlassen hat. Ich fühle mich einfach nur steinalt und abgesetzt. Man kann sich nämlich auch mit 27 steinalt fühlen. Man fühlt sich nämlich dann steinalt, wenn man keine Pläne mehr macht und die Beine so schwer sind, dass man kaum vorwärts kommt. Jedenfalls schlugen all meine Versuche, mich seither wieder irgendwo einzugliedern, fehl. Und ein erfolgreicher Schulabbruch qualifiziert einen allenfalls für eine Karriere im kriminellen Milieu, aber dafür fehlen mir etwa drei Gramm Härte und Verschlagenheit. Und fünf Kilo Coolness. Zu viel also, um richtig ordentlich Leute abzuzocken und dabei reich zu werden.

Und so wird man eben zum Hintern abwischen ins Altenheim versetzt. So hat das Manuel, mein Mitbewohner, genannt, als er gehört hat, wohin man mich beordert hat. Ich find das gar nicht schlimm. Also den Leuten den Hintern abzuwischen. Die wollen ja auch einen schönen sauberen Popo haben. Ich finds eher schlimm, dass man das irgendwie eklig findet. Manuel ist manchmal gemein. Vor allem wenn er sich zu viele Drogen reinpfeift. Aber er ist eigentlich ok, hat mich immerhin hier einziehen lassen, obwohl ich damals noch kein Geld hatte. Er ist nämlich Hauptmieter unserer WG. Aber er ist auch immer ein wenig verspult und merkt dann gar nicht, was für ein dummes Zeugs, er dann redet. Deswegen sag ich ihm das nicht. Also, dass ich das gemein finde, was er da sagt, sag ich ihm nicht. Alles was man sagt, soll wahr sein, aber nicht alles was wahr ist, sollte man auch sagen, hat Voltaire gesagt und da hat er Recht.

Überhaupt hat der Voltaire ne Menge kluger Sachen gesagt und ich frag mich manchmal, ob er auch eine Arbeitsbeschaffungsmaßnahme in dem Heim hier hatte. Viele seiner Zitate lassen das vermuten... Zum Beispiel hat er gesagt: Das Überflüssige ist eine sehr notwendige Sache! Und das muss er von hier haben, denn hier gibt es nichts Überflüssiges mehr. Hier gibt es nur das Notwendigste. Die notwendigste Zuneigung und Pflege, damit der Mensch nicht gleich stirbt. Aber eben nur soviel wie notwendig ist, dass er nicht stirbt, niemals soviel, dass er wirklich leben kann. Um leben zu können, braucht es nämlich Überfluss. Überfluss an Liebe und Zuneigung. Soooviel, dass man genug davon hat, um anderen davon abzugeben. Um eben zu leben. Mein Vater sagte immer, man soll erst etwas spenden, wenn man soviel spenden kann, dass der Beschenkte seinerseits wieder in der Lage ist zu geben. Also mindestens zwei Münzen geben, damit der Empfänger in der Lage ist, eine Münze weiterzugeben. Alles andere sei beschämend, weil man sein Gegenüber damit klein hält und dauerhaft abhängig machen würde. Abhängig von Almosen. Und das sei nicht recht. So habe er das vom Rabbi gelernt. Niemand sollte dauerhaft beschämt werden, weil er nur nehmen kann und selbst nichts geben. Deshalb ist Überfluss wichtig. Überfluss beim Geben. Aber mein Vater schwadronierte meist nur oberflächlich von diesen jüdischen Sachen. Und auch nur in seinen lichten Momenten. Die hatte er aber nicht oft. Das einzige, was er im Überfluss hatte, war der Alkohol, der Suff. Und mit Voltaire bräucht ich ihm sowieso nicht zu kommen. Dem hat er niemals verziehen, was er so über die Juden gesagt hat, der Voltaire. Ist ja auch mies. Aber davon abgesehen hat er manchmal doch auch kluge Ideen gehabt. Der Voltaire.

Der Voltaire ist mein Liebling im Zitatenbuch. Ich les

nämlich nur noch Zitatenbücher. Die heißen dann „Lebensweisheiten" oder „Sprüche zum Glück" oder „Zitatenschatz". Also Bücher mit klugen Sätzen von klugen Leuten. Oder solchen, die dafür gehalten werden. Zitate sind jedenfalls schnell gelesen. Alles andere ist mir zu anstrengend. Früher mit Matteo im Wohnmobil, da lasen wir oft stundenlang, Theaterstücke, Dramen oder dicke Romane mit hunderten Seiten. Aber die Ruhe, die man braucht, um große Bücher zu lesen, ist mit Matteo und den Puppen davongefahren. Bleiben mir nur die Zitate. Aber Zitate sind ja auch was sehr Schönes. Man hat einen Satz und der kann einen genauso lange beschäftigen wie ein gutes Buch. Und Voltaire fehlt in fast keinem Zitatenbuch. Jedenfalls hat er sehr Recht gehabt, mit der These vom Überfluss. Vor allem die alten Menschen, hier im Heim, bräuchten Überfluss. Weil sie nämlich oft so schwach und krank sind, dass sie nicht mehr viel geben können. Außer eben zum Beispiel Geschichten, die sie erzählen können. Kluge Dinge, Erfahrungen, die sie gemacht haben. Aber dafür bräuchte man Zeit zum zuhören. Zeit im Überfluss. Zeit, damit man sich in Ruhe neben sie setzen und ihnen endlos zuhören kann.Damit sie nicht sterben, weil sie noch nicht zu Ende erzählt haben. Und man könnte immer weiter fragen und sich immer mehr erzählen lassen. Kann man aber nicht. Weil Zeit hier nicht nur nicht im Überfluss nicht vorhanden ist, sondern sogar extrem knapp. Viel zu knapp. Immer zu wenig davon da. Und deshalb leben die Leute hier auch nicht mehr richtig. Sie werden nur am Leben erhalten. Und notdürftig versorgt, damit sich niemand beschwert, weil sie zu schnell sterben. Sterben tun sie dann aber trotzdem. Meistens an mangelnder Zuneigung. Wenn man nämlich merkt, dass man nicht mehr gebraucht wird und nur noch allen lästig ist, dann will man sterben. Und dann hat der Tod ein leichtes Spiel...

§ 2

Heinrich Jakob ist neu im Heim. Er ist mittags angekommen und in das Zimmer von Frau Herschner gezogen, die vor zwei Tagen gestorben ist. Schon als ich ankomme, winkt mich Mazlum ins Pflegerzimmer. Mazlum ist mein Lieblingskollege hier im Heim. Er ist ein bisschen älter als ich, etwa dreimal so schwer und zehnmal so kräftig. Er versucht immer alle aufzuheitern, obwohl er selbst unglaublich viel Stress hat hier. Aber grade ist er begeistert:

«Das ist vielleicht einer! - Der hat heut schon die Heckmann zusammengeschachtelt, dass die Wände gewackelt haben!»

«Was war?»

«Er hat erst das Zimmer komplett umgeräumt und dabei laut Musik gehört. Die Heckmann hat natürlich rumgemosert. Da hat dieser Jakob das Kreuz von der Wand genommen und es nach ihr geschmissen. Hat voll rumgetobt, so von wegen, dass es ja wohl möglich sein muss, sich hier gemütlich einzurichten, wenn man schon abkratzen soll, zu dem Preis, und dass er das Scheißkreuz nicht in seinem Zimmer will»

«Stark! Und wie hat sie reagiert?»

«Naja, wie wohl..? Hat erst voll rumgenervt, dass das nicht ginge und so weiter und hat sich dann mit dem Kreuz verzogen und hat gesagt, sie wird für ihn beten...und dann hat er ihr nachgebrüllt, sie soll viel und lange beten, weil sie in der Zeit schon nix Schlimmeres anstellen kann! Der ist voll krass drauf, der Alte. Aber der ist auch noch voll fit!»

Es klingelt. Mazlum macht sich auf den Weg zu Zimmer acht. Frau Zimmermann klingelt meistens so gegen zehn nochmal , weil sie aufs Klo muss. Sie ist unglaublich rund und schwer, weil ein Tumor alles durcheinanderbringt in ihrem Körper. Deshalb ist sie auch hier, im Pflegeheim, obwohl sie eigentlich noch nicht so alt ist...

Ich stell meinen Rucksack ab, werfe einen Blick auf den Dienstplan und blättere schließlich durch die Akte Jakob, Heinrich. Die medizinischen Fachausdrücke sagen mir immer noch nichts. Aber mit dem Geburtsdatum kann ich was anfangen. Es sagt mir nämlich, dass Herr Jakob nun 84 Jahre alt ist. «Frau Mrozek!»

Ich fahre herum. Vor mir steht Frau Heckmann, die Leiterin des Heims: «Wieso stehen Sie hier rum und stecken Ihre Nase in Akten, die Sie nichts angehen. Machen Sie sich gefälligst fertig, sonst muss ich Meldung beim Arbeitsamt machen.» Ich schnappe meinen

Rucksack und gehe zur Garderobe. Eilig hole ich meinen Kittel aus dem Spind und schließe danach meine Sachen ein. Ich hasse Frau Heckmann. Normalerweise seh ich sie nie beim Nachtdienst, weil sie immer pünktlich nachmittags um vier das Heim fluchtartig verlässt und ich sie nur dann treffe, wenn ich zu einem Besprechungstermin gebeten werde. Das kam in den drei Monaten nur zweimal vor. Und natürlich seh ich sie, wenn ich vormittags Dienst habe. Das ist dann ziemlich schrecklich, weil man sie dann auch erleben muss. «Haben Sie inzwischen den Basiskurs absolviert?» fragt die Heckmann, die mir offenbar in die Garderobe gefolgt ist...

«Nein, da war kein Platz mehr frei und die Frau vom Arbeitsamt wollte sich bei mir melden, wenn wieder so ein Kurs stattfindet.»

«Na großartig. Und darauf verlassen Sie sich natürlich. Sie müssen aktiv werden, Frau Mrozek. Sie dürfen sich nicht immer nur passiv verhalten. Grade hier in der Pflegeassistenz ist es wichtig, bestimmte Kompetenzen zu erwerben. Ich habe Sie ja eigentlich nur unter der Voraussetzung eingeteilt, dass sie sich um einen solchen Basiskurs baldmöglichst bemühen.»

«Aber das hab ich doch ...» versuch ich sie zu unterbrechen, aber sie fährt fort: «Wir brauchen hier in unserer Einrichtung motivierte, engagierte und sozialkompetente Menschen, die bereit und willig sind, sich um die Pflegebedürftigen zu kümmern. Leute, die mit ihrem Leben nicht klarkommen, sind hier falsch. Sie brauchen eine positive Haltung gegenüber kranken, behinderten und alten Menschen. Phantasie, Empathie, Kreativität und Flexibilität sowie psychische Stabilität sind hier gefragt und werden in den Basiskursen antrainiert. All das kann ich bei Ihnen nicht erkennen. Sie sind nun schon seit drei Monaten hier und haben noch nicht mal den Basiskurs absolviert. Und kommen Sie mir jetzt nicht wieder damit, dass es keinen Platz gegeben hätte. Wer wirklich etwas will, der bekommt es auch. Nur mangelnder Einsatz wird bestraft. Also denken Sie daran. Ich erwarte, dass Sie mir in den nächsten Tagen eine Bestätigung bringen über die Teilnahme an diesem Kurs. Habe ich mich klar ausgedrückt?»

«Ja» sage ich und mach mich auf den Weg zurück ins Pflegezimmer. Die Heckmann zieht sich ihren Mantel über und geht.

Endlich.

Die ist so widerlich, diese Heckmann. Teilt mich seit Monaten zu Diensten ein, die ich gar nicht machen dürfte, lässt mich grundsätzlich zwei Stunden länger arbeiten als vorgesehen und macht dann aber auch noch Druck, wegen eines Kurses, der wahrscheinlich eh nichts bringt...

Mazlum biegt um die Ecke. Blendender Laune: «Du hast heute die ganz besondere Ehre, gemeinsam mit mir die Weihnachtsdeko aufhängen zu dürfen!»

«Was ...? Jetzt?... Mitten in der Nacht?»

«Ja. Die Heckmann meinte, das würde weniger stören als tagsüber und der Hausmeister hat die Kisten zwar noch hochgetragen, aber sich dann krank gemeldet! Und in drei Tagen ist der erste Advent, also muss es ja mal sein!»

«Ok, wenn sie meint.»

Unschlüssig folge ich Mazlum in den Gemeinschafts-raum, wo tatsächlich zwei Kartons auf dem Tisch stehen. Der Gemeinschaftsraum liegt direkt neben dem Pflegerzimmer. Es gibt eine einfache Küchenzeile und eine große Fensterfront zum Garten. Seit zwei Wochen schaut man da draußen in eine weiße Glitzerlandschaft, denn seit Mitte November schneit es fast ohne Unterlass. Und Rosalinds Spuren, die sie seither immer wieder mit dem Rollator und ihren Puschen auf der schneebedeckten Wiese hinterlässt, werden täglich neu zugeschneit.

Mazlum öffnet die erste Kiste. Er zieht eine Girlande mit bunten Eiern und Häschen aus dem Karton. Er geht mit ihr zum Fenster und hängt die eine Seite ein und will gerade das andere Ende der Girlande auf der anderen Seite einhängen als ich ihn unterbreche: «Ähm, Mazlum, also, ich kenn mich ja nicht sooo gut aus mit diesen Traditionen, aber ist das nicht ne Ostergirlande?» Mazlum schaut erst mich, dann die Girlande verständnislos an und fängt dann zu lachen. Er will erst die Girlande wieder abnehmen, hält dann aber inne: «Naja..., die Heckmann hat gesagt, wir sollen die Sachen aus den Kartons aufhängen....» Er grinst mich breit an.

«Neee, Junge! Vergiss es! Dann bin ich meinen Job gleich wieder los.»

«Aber du willst dich doch nicht den Anweisungen von Frau Heckmann widersetzen, oder?» Einen kurzen Moment zögere ich. Es wär schließlich echt lustig, wenn es hier morgen dekorativ nur so von Osterhäschen, Blumen und bunten Eiern wimmeln würde...

aber dann schüttle ich den Kopf: «Neee, lass uns im Keller nach den richtigen Sachen suchen.» Mazlum grummelt und hängt die Häschengirlande wieder ab. Er verstaut sie im Karton, wirft einen kurzen Blick in die andere Kiste, stellt sie dann übereinander und trägt sie runter in den Keller. «Bin gleich wieder da!» ruft er hinter dem Kartonberg hervor. Ich schaue in den Garten. Es schneit noch immer. Viele kleine schnelle Flöckchen, die es offenbar sehr eilig haben von den Wolken wegzukommen, segeln in den Heimgarten. Als Kind hätte ich so gerne mal Weihnachten gefeiert. Alle anderen Kinder in der Klasse haben es gefeiert. Aber mein Vater weigerte sich beharrlich Wir sind Juden! Wir feiern kein Weihnachten. -Klar, es gab Chanukkah und da wurde ich manchmal auch beschenkt und manchmal fiel das zeitlich sogar mit Weihnachten zusammen, aber das war nicht das Gleiche. Ich wollte dazugehören. Ich wollte mitreden können. Ich wollte einen bunten großen Tannenbaum haben. Ich wollte Rauschegoldengel und Lametta. Ich wollte einfach alles.

In der Schule hatten wir einen Adventskalender. Jeden Tag durfte ein Kind ein Säckchen aufmachen und sich über ein kleines Geschenk freuen. Das habe ich geliebt und gehasst zugleich, denn einerseits durfte ich mitmachen, andererseits war das aber dann eben auch schon alles.

Und je näher es auf Weihnachten zuging, desto weihnachtlicher wurde auch das Programm im Fernsehen. Man entkam ihm nicht, diesem Weihnachten. Und jedes Jahr hoffte ich, dass mir das Christkind vielleicht doch auch ein Geschenk bringen würde, obwohl ich jüdisch war. Aber es kam nie. Später war mir dann auch klar warum. Es lag jedenfalls nicht daran, dass ich jüdisch war, sondern daran, dass das Christkind nicht existierte. Das war ein Glück, denn sonst hätt`ich mir sicherlich irgendwann gedacht, dass das

Christkind ein Antisemit ist, weil es jüdischen Kindern nichts bringt. Aber das Thema hatte sich dann spätestens in der dritten Klasse erledigt. Wer nicht existiert, kann auch kein Antisemit sein. Obwohl...

Ein Räuspern reißt mich aus meinen Gedanken. Hinter mir steht auf einen Stock gestützt ein älterer Herr. Es gibt hier im Heim selten ältere Herren oder ältere Damen. Meist sind es alte Männer und Frauen, die hier sind. Manche davon sind nur noch fragmentarisch einem eindeutigen Geschlecht zuzuordnen. Aber dieser Mann ist ein richtiger Herr. Er ist relativ groß und hat, von leichten Geheimratsecken abgesehen, eine volle, fast weiße Haarpracht und ein markantes Gesicht. Über einem blaukarierten Hemd trägt er einen beigen Pullunder und eine schwarze Hose, die ein wenig glänzt. Das muss Herr Jakob sein. Der Neue.

«Guten Abend Herr Jakob, Kann ich was für Sie tun?»

«Ja, Sie können sich erstmal vorstellen, junge Frau. Wir haben uns schließlich noch nicht gesehen. Verstehen Sie?»

«Oh, ähm ja. Mein Name ist Mila Mrozek und ich bin die Ein-Euro-Kraft hier im Haus.»

«Mrozek? Sie heissen Mrozek?»

Ich nicke.

«Na das passt ja zum Wetter!»

«Sie sprechen polnisch?» frag ich, aber ich bekomme keine Antwort. Stattdessen geht Herr Jakob auf die Küchenzeile zu: «Einen Tee hätte ich gerne.»

«Soll ich Ihnen einen Tee machen und dann aufs Zimmer bringen?»

Er schnaubt verächtlich: «Seh ich aus, als könne ich mir nicht mal mehr einen Tee zubereiten?» Er nimmt sich eine Tasse aus dem Regal, füllt den Wasserkocher mit Wasser und stellt ihn an. Dann fängt er an nach Teebeuteln zu suchen.

«Tee ist oben rechts.» sagt Mazlum, der gerade mit zwei Kartons wieder rein kommt. «Dankeschön!» sagt Herr Jakob und sucht sich durch die Teesorten. «Mein Gott, ist das eine erbärmliche Auswahl. Sollen die Leute hier an schlechtem Tee zugrunde gehen?» schimpft er, während er Schächtelchen um Schächtelchen aus dem Regal nimmt, daran riecht und dann verächtlich auf die Ablage zurück stellt. Missmutig zieht er schließlich einen Beutel Darjeeling aus einem

Kästchen und hängt es in eine Tasse. «Wer sagts denn!» sagt Mazlum und zieht einen Makramee-Schneemann aus einem Karton und zeigt ihn mir strahlend. «Sie wollen diesen hässlichen Staubfänger doch hoffentlich nicht aufhängen?» grummelt Herr Jakob.

«Doch, will ich. Die meisten Bewohner freuen sich an weihnachtlicher Dekoration.» versuch ich Heckmanns Ton nachzuäffen.

«Scheiß-WG-Leben» sagt Herr Jakob und schenkt sich das Wasser in die Tasse. «Leute ohne Sinn und Verstand... keine Kultur, -Verstehen Sie? ... kein Sinn für Ästhetik...» murmelt er vor sich und verschwindet mit seiner Tasse. Mazlum drückt mir einen Salzteig-Engel in die Hand: «Häng den mal auf!»

§ 3

Als ich gegen Mittag aufwache, sind schon alle fort. In meiner kleinen WG wohnen außer mir drei Seltsame und eine Ratte. Die drei Seltsamen heißen Manuel,

Lisa und Faris. Die Ratte heißt Rita und gehört Manuel. Manuel studiert Soziologie, aber das ist nicht so schlimm wie es sich anhört. Aber weil er weiß, dass das irgendwie peinlich ist, heutzutage noch Soziologie zu studieren, sagt er immer, er studiere Pharmazie. Das ist zwar auch nicht hipp, aber irgendwie nicht ganz so peinlich. Und da kennt er sich wenigstens ein bisschen aus. Lisa studiert Ernährungswissenschaften, weil sie sehr dick ist und sie hofft, dass sie durch das Studium abnimmt, aber bisher war das noch nicht so. Sie ist aber auch erst im zweiten Semester. Allerdings hat sie bisher nur zugenommen, weil sie neben den vielen Süßigkeiten, die sie gegen den allgemeinen und den besonderen Lebenskummer braucht, nun auch noch gesunde Sachen isst, um sich ausreichend mit Nährstoffen und Vitaminen zu versorgen. Das bedeutet, dass sie eben auch Hirsebrote, Grünkernbratlinge und Sojasprossen zu sich nimmt. Neben den Chips, den Gummibärchen und der Schokolade.

Faris hingegen isst kaum was, weil er Physik und Mathematik studiert und einem Zahlen offenbar den Appetit verderben. Bei so Wörtern wie Stringtheorie weiß man ja auch nicht genau, ob es sich um eine physikalische Theorie oder um ein neues Diätrezept handelt. Jedenfalls isst Faris fast nie etwas. Vielleicht hätte Lisa lieber Mathematik studieren sollen...aber vielleicht kommt Faris` Appetitlosigkeit auch daher, dass er traumatisiert ist. Er ist aus dem Iran geflohen und erst seit kurzem anerkannter Asylberechtigter. Kaum war er das, hat er sich um Anerkennung seiner Papiere bemüht und schließlich das Studium aufgenommen. Inzwischen jedenfalls ist er im zweiten Semester, jobbt an einer Tankstelle und verbreitet stets stille Heiterkeit und Optimismus. Nur das Essen vergisst er immer wieder. Aber wir erinnern ihn dran. Sonst würde er vielleicht verhungern, hier im freien Land in Sicherheit zwischen all den Anträgen, Vorschriften und Lebensmitteln. Und dann wär er ganz umsonst geflohen...

Faris und ich schlafen manchmal miteinander... - wir sind nicht verliebt, aber wir mögen es miteinander zu schlafen. Wir mögen es, nackt beieinander zu liegen. Weil wir beide nicht viel reden und man weniger miteinander reden muss, wenn man nackt beieinander liegt, als wenn man angezogen zusammen am Tisch sitzt. Außerdem erzählen wir uns beim Sex mehr voneinander, als Wörter und Buchstaben es vermögen würden. Unsere Körper erzählen die Geschichten. Seine Narben am Rücken, sein Tempo, wie er sich in mir bewegt, seine rauen Haare. Es ist geschwisterlicher Sex, den wir haben. Ohne Geilheit, aber mit viel Zärtlichkeit...

Ich gehe in die Küche, greife nach der Thermoskanne und schüttle sie. Wunderbar. Da ist noch Kaffee drin. Lisa macht jeden Morgen eine Riesenkanne Kaffee für alle und im Laufe des Tages trinken wir sie leer. Vor einigen Wochen dachte sie, sie müsse auf Roibosch-Tee umstellen... aber nach zwei Tagen hat sie zum Glück eingesehen, dass Kaffee morgens besser ist. Zumindest für die Harmonie in der WG. Ich gieße mir eine große Tasse ein und schaue durchs Fenster auf den Innenhof. Alles weiß. Ich kann mich nicht erinnern, wann zum letzten Mal sooo viel Schnee lag. Einmal, als ich Kind war, zu Chanukkah, da gabs auch so viel Schnee. Mama hat noch gelebt und David, mein großer Bruder auch. Und wir haben Lattkes gebacken und gegessen, bis uns beinah die Bäuche geplatzt sind. Ich glaube, das war unser letztes gemeinsames Chanukkah. Der Autounfall muss dann im Herbst danach gewesen sein. Ich war jedenfalls gerade sieben Jahre alt geworden und in die erste Klasse gekommen. Und danach gab es nur noch unregelmäßig Chanukkah. Immer nur dann, wenn mein Vater nicht zu betrunken war und es irgendwie organisiert bekommen hat. Oder wenn sich jemand aus der Gemeinde erbarmt hat und uns eingeladen hat. Das kam aber von Jahr zu Jahr immer seltener vor. Das letzte Mal, als uns Perelniks eingeladen hatten, war Vater am Ende des Abends so besoffen, dass sie ihn mühsam nach Hause kutschieren mussten. Ich hatte mich für ihn geschämt. Und das war schlimmer als alles andere, weil ich mich dann auch noch geschämt habe, dass ich mich für ihn geschämt habe. Das war sozusagen einmal schämen hoch zwei. Faris könnte das bestimmt mathematisch viel genauer ausdrücken. Jedenfalls war es viel zuviel Scham für ein kleines Mädchen. Es ist nicht gut, wenn man sich für seine Eltern schämt. Vor allem wenn man nur noch ein Elter hat. Und vor allem, wenn der so verzweifelt war, wie mein Vater... Er war ja nicht eigentlich böse, er war nur verzweifelt und hat dann alles nicht mehr hingekriegt und hat dann eben gesoffen. Er wäre bestimmt gerne ein guter Vater gewesen. Ich bin mir sicher.

Ich gehe zum Schreibtisch und suche in der Liste die Telefonnummer meiner Sachbearbeiterin beim Arbeitsamt. Ich wähle die Nummer, die ich immer noch nicht auswendig kann, und trage mein Anliegen vor: Ja, guten Tag, Mrozek, Mila Mrozek hier, ja genau, meine Bearbeitungsnummer? ähm.. ja, genau! Die ist es.. ah, gut...ich wollte nochmal fragen wegen dem Basiskurs Pflegeassistenz... ja... kein Platz frei?... aber ich bräuchte dringend einen Platz, ich arbeite doch schon dort und die Leiterin meint... wieso ist es dann nicht mehr möglich?......... aber ich habe doch mehrfach schon danach gefragt....... aber ich kann doch nichts dafür, dass ich jetzt schon in dem Beruf arbeite, Sie haben mich doch dorthin vermittelt... aha... Die hätten mich ablehnen müssen und dann hätte ich den Kurs genehmigt bekommen... aber... ich brauch den

Kurs doch, um da weiter machen zu können... ja.... ja. .. schon klar, Sie wollen nicht etwas finanzieren, was ich schon kann, aber.... ja... ja... verstehe.. und was soll ich jetzt machen?... ja... aha. Danke. Wiederhören. Die haben viel Humor in diesen Ämtern... Ich hör doch jetzt nicht wieder mit dem Job auf, um dann wieder nichts zu machen. Ich muss irgendwie an so einen Kurs kommen. Oder wenigstens an ein Zertifikat. Jetzt wo ich endlich mal einen Ein-Euro-Job habe, der nicht völlig sinnlos ist. Ich mag den Job. Ich mag Mazlum. Ich mag die alte Rosalind und die vielen anderen. Ich geh da nicht wieder weg. Jedenfalls grade nicht. Ich werd das irgendwie hinkriegen müssen...

§ 4

«Können wir wieder den Sonnenuntergang angucken?» fragt sie mitten in der Nacht. Rosalind steht mit ihrem Rollator urplötzlich hinter mir. Ich hab sie nicht kommen hören. Vielleicht bin ich auch eingeschlafen, denn ich sitze hier im gemütlichen Ohrensessel im Gemeinschaftsraum. Ich werfe einen Blick auf die Uhr: Zwei Uhr dreißig. «Ich würde jetzt so gern einen Sonnenuntergang sehen» bettelt sie erneut und schaut mich an. «Es ist so dunkel da draußen. Und so kalt.» Erst jetzt seh ich, dass sie offenbar draußen war. Der Rollator, ihr Morgenmantel , ihre Stoffpantoffeln - alles ist nass. Und die Terrassentür ist offen. In ihren weißen Haaren glitzern noch einige kleine Schneeflöckchen. «Klar, können wir machen, aber erst mal sollten Sie etwas Warmes anziehen, ja?» Sie schüttelt den Kopf und beginnt zu weinen. «Ich brauch doch jetzt ein bisschen Sonne. Das ist nicht gut, wenn es so dunkel ist im draußen.» schluchzt sie und fährt fort: «Früher war der Schnee wärmer. Viel wärmer war er da. Die Hühner konnten auch im Winter draußen sein... und die Sonne ist nicht weg gewesen nach dem Untergang. Die war immer da. Wie der Anton» Sie macht eine Pause und guckt ein wenig verwirrt und fragt dann: «Kommt der Anton heute?» Ich seufze. Wer ist Anton? Immer wieder fragt sie nach Anton und keiner weiß, wer das ist. «Der Anton kommt wahrscheinlich erst später, denk ich» und frag mich, wo eigentlich Mazlum ist. Der hat doch auch Nachtdienst. Ich steh auf und schiebe Rosalind zum Sessel. «Setzen Sie sich, Rosalind. Ich hol schnell meinen Laptop.»

«Die Sonnenuntergangsmaschine?» fragt sie und scheint sich zu beruhigen.

«Ja, genau die!»

Ich laufe zum Spind, schließe auf und krame meinen Laptop aus dem Rucksack. Dann schnappe ich mir eine Decke und warme Socken aus Rosalinds Zimmer und komme zurück in den Aufenthaltsraum. Rosalind starrt vor sich hin. Ich knie mich vor sie, ziehe ihr die nassen Pantoffeln von den eiskalten schmalen Füßen und streife ihr die Wollsocken über. Dann leg ich die Decke über sie, ziehe mir einen Stuhl neben den Sessel und klappe meine Sonnenuntergangsmaschine auf. Ich stecke den Surfstick ein, und rufe auf Youtube die Seiten mit den Sonnenuntergang auf. Ich klicke den Clip an, den sie das letzte Mal so gemocht hat. Sie lächelt mich an. Man sieht einen Strand, das Meer und hinten einen großen orangenen Kreis. Die Sonne. Rosalind lächelt selig den Bildschirm an. Ich reiche ihr den Laptop rüber auf ihren Schoß und greife nach ihren Stoffpantoffeln. Ich bring sie rüber in ihr Badezimmer und stelle sie dort unter die Heizung. Dann schau ich ins Pflegezimmer. Kein Mazlum. Der hat mich doch hoffentlich nicht allein gelassen hier. Hier liegen über vierzig alte Leute, wenn da irgendwas ist, dann hab ich ein Problem. Ich darf die ja theoretisch nicht mal aufs Klo bringen. Eigentlich dürft ich auch keinen Nachtdienst machen. Ich darf eigentlich nur die Tische abwischen, das Essen ausgeben und den Pflegern zur Hand gehen. Aber eigentlich dürft ich ja sowieso noch nicht mal das, weil mir immer noch der Basiskurs fehlt. Zum Glück ist mir die Heckmann nicht mehr übern Weg gelaufen die letzten Tage.

«Hilfeee, Hilfeeee!» schreit es gellend aus dem Aufenthaltsraum. Rosalind. Ich eile rüber und sie starrt entsetzt auf den Bildschirm.

«Nicht so laut, Rosalind! Sie wecken mir noch alle auf!» schimpf ich sie an.

«Da, die Sonne. Sie ist stehengeblieben. Sie geht nicht mehr weiter unter.» Ich schaue auf den Bildschirm. Das Video hat sich aufgehängt. Rosalind starrt ängstlich auf die Sonne, die schon halb im Meer versunken ist. Nur noch ein halber orangener Kreis. «Ich reparier das, ok?» sag ich zu ihr. Sie fängt zu weinen an. Ich versuche hektisch die Seite neu zu laden. Aber es dauert. Ich nehm Rosalind in den Arm und schaukel sie wie ein kleines Kind «Wird alles gut. Geht gleich weiter. Versprochen. Ich muss nur die Sonne schnell aus dem Meer ziehen und dann geht sie einfach nochmal neu unter...ok?»

Rosalind wimmert. Endlich ist die Seite geladen und der Clip startet. Ich drück ihr erneut den Laptop auf den Schoß und beschließe Mazlum zu suchen. Als erstes schau ich auf dem Klo. Dann guck ich runter in den Keller, dann schau ich vor und hinter dem Haus, ob er irgendwo eine Zigarette raucht, aber er ist nirgends zu sehen. Aber etwas anderes ist zu sehen. Aus Zimmer 4 scheint Licht nach draußen. Der Schnee glitzert dem Licht zurück. Wie ein Zwinkern. Vielleicht wurde er dorthin gerufen. Ich schleiche über den langen Flur zu Zimmer Vier. Heinrich Jakob. Ich höre Mazlum und Herrn Jakob lachen. Ich klopfe. Es wird still. Ich öffne. Mazlum sitzt mit Herrn Jakob am

Tisch. Vor ihnen steht eine leere Flasche Wein, zwei leere Gläser und ein Schachbrett. Beide starren mich rotwangig an. «Ist was?» fragt Mazlum und schaut erst mich, dann seinen Piepser an. «Ähm, nein, ich wollt nur schauen, ob alles in Ordnung ist bei euch?»

«Das Frolein Frost will kontrollieren, was?» sagt der Herr Jakob und blinzelt mich halb belustigt, halb prüfend an. «Quatsch. Ich wollt nur wissen, wo Mazlum ist. Falls was ist. Immerhin war Rosalind schon wieder draußen» verteidige ich mich. Und Mazlum sagt: «Wieso Frost?»

«Wie Frost?» frage ich und finde unser Gespräch sehr verwirrend..

«Ihre junge Kollegin heißt Frost, wenn man es ins Deutsche übersetzt. Das weiß jeder halbwegs gebildete Mensch!» erklärt Herr Jakob und fährt fort: «Aber Sie dürfen Ihren Mazlum nun wieder haben, Fräulein Mrozek. Ich muss nun langsam auch ins Bett. Ich habe morgen schließlich noch was vor. Und ich will einer Dame ja nicht den Begleiter ausspannen.» Mazlum steht auf und hilft Herrn Jakob beim Aufstehen. Der wehrt ab: «Danke, danke, das schaff ich jetzt schon!» Mazlum greift nach der Weinflasche und den Gläsern. «Die nehm ich mal lieber mit, sonst findet den morgen noch die gute Frau Heckmann!» Herr Jakob nickt eifrig. «Ja, ja, nehmen Sie die mit. Wir wollen ja nicht, dass die arme Frau der Schlag trifft. Jedenfalls nicht hier in meinem Zimmer!» lacht er. Und dann wird er bleich. Schlagartig. «Mein Spray..» röchelt er und zeigt in Richtung seiner Weste, die am Stuhl hängt. Mazlum reagiert schnell und reicht ihm das Spray rüber. Heinrich Jakob drückt den Hub. Ein tiefer Zug und alles entspannt sich innerhalb kürzester Zeit. Er stellt sich das Spray auf den Nachtisch. «Gute Nacht!» sagt er und Mazlum schiebt mich nach draußen und schließt die Tür.

Wir laufen den Flur entlang zurück.

«Was war das?»

«Was war was?»

«Na das eben.»

«Das Spray ist für sein Herz.»

«Haha, das mein ich nicht. Ich meine euren Weinabend?»

«Na, du bist ja eingeschlafen, liebe Mila und bei Herrn Jakob war noch Licht. Also hab ich nach ihm geguckt und da er grade über einem Glas Wein saß und sich über Gesellschaft gefreut hat, hab ich mich zu ihm gesetzt. Wir haben eine Runde Schach gespielt und uns vorzüglich unterhalten. Hatte meinen Piepser ja dabei.»

«Den Piepser ja, aber die Augen nicht. Immerhin war Rosalind draußen und ich hab dich gesucht.»

«Aber die haut doch nie wirklich ab. Wo ist sie jetzt?»

«Da» sag ich und zeige auf Rosalind, die Im Sessel hängt und über dem wieder hängen gebliebenen Sonnenuntergang eingeschlafen ist.

§ 5

Lisa zwängt sich in den Oversize-Mini aus Lederimitat und knöpft sich ihre blau karierte Bluse zu. Sie dreht sich vor dem Spiegel hin und her. Sie sieht aus wie eine glückliche Presswurst, die sich in ein bayrisches SM-Studio verlaufen hat. Aber sie bemerkt das nicht. Sie strahlt sich im Spiegel an und findet sich wahnsinnig hübsch und sexy. «Ich geh nun los!» flötet sie.

«Ich wünsch dir ganz viel Spaß!» sag ich und wünsch ihr vor allem, dass niemand ihr die Freude an sich und den Klamotten verdirbt. Aber irgendein Idiot rennt sicher rum und wird ihr sagen, dass sie scheiße aussieht und dann wird sie zusammenbrechen und heulend nach Hause laufen und sie wird sich hässlich fühlen und ihren Kummer in Schokolade ertränken und dann passt sie nicht mal mehr in den Rock, den sie eben schon nur mit Mühe zubekommen hat...

Ich frage mich, warum Menschen oft so gemein sind zueinander. Ohne Not. Lisa ist ein hübsches Mädchen. Sie passt nur nicht so ganz in die heutige Vorstellung von schön, weil die heutige Vorstellung von schön, gleichbedeutend mit schlank ist und das ist eine dumme Sache. Und weil schön sein so wichtig ist, für Mädchen wie Lisa, ist das Ganze nicht nur eine dumme Sache, sondern eine richtig traurige Angelegenheit. Dabei könnte alles so einfach sein...

Als die Tür ins Schloss fällt, klopf ich bei Manuel an der Tür. Faris sitzt schon da. Manuel hat irgendeinen Superdeal gemacht und hat uns deshalb zum Rauchen eingeladen. Er hat bereits Papers zusammengeklebt und mit Tabak bestreut. Ich zündete Kerzen und Räucherstäbchen an. Faris hat eine Kanne Kratomtee gemacht und schenkt nun jedem eine Tasse ein. Das wird ein gemütlicher Abend werden. Mein erster freier Abend diese Woche. Ich freu mich auf das Dope und gemütliche Gespräche mit den Jungs. Manuel packt sein Piece aus und legt es auf den Boden. Da kriecht Ratte Rita aus seinem Pulli und stürzt sich wie besessen auf den braunen Haschischkrümel, der auf dem Teppich liegt. Sie verschlingt ihn in einer atemberaubenden Geschwindigkeit.. Manuel rastet aus . Er schreit Rita an und schaut, ob er noch Reste aus ihrem Maul klauben kann, aber es fallen nur Minikrümel aus dem Maul. «Ok. Du Scheißrattenmistvieh hast es nicht anders gewollt.» Er greift nach dem Nagerfutter auf dem Regal und wackelt damit vor Ritas Kopf rum. Er greift sich einen Futterkringel raus, zerkrümelt den Ring und brösel die Teile in den aufgedrehten Joint.

«Wenn du mein Dope frisst, rauch ich dein Futter!» zischt er.... «Aber ich nicht!» sag ich schnell und greif mir eine normale Zigarette. Rattenfutter rauchen - das muss ich mir nun echt nicht geben. Manuel baut die Tüte mit den Restkrümeln und dem Rattenfutter fertig und zündet das Teil an. Er raucht tatsächlich sein Rattendope, während Rita sich unters Regal verkriecht. Faris lehnt ebenfalls dankend ab. Hoffentlich macht das der Ratte nix, wenn sie soviel Cannabis gefressen hat. Um Manuel mach ich mir da deutlich weniger Sorgen. Rattenfutter rauchen, das macht dem garantiert nix. Der geht nicht kaputt. An garnix.

Ich nippe an meinem Tee und frage Faris, was sein Verfahren macht. «Garnichts.» antwortet er, nimmt einen großen Schluck, weil ihm das heiße Gebräu offenbar nichts ausmacht und fährt fort: «Ich habe einen falschen Antrag ausgefüllt. Einen für Aufenthaltserlaubnis, aber der war abgelaufen, also der Antrag, schon vor acht Jahren, aber die lagen da noch rum und die neuen Formulare waren da nicht und nun meinen die, ich wollte betrügen, weil:ich muss einen Niederlassungsantrag stellen und keinen für Aufenthatserlaubnis und dafür muss ich aber den Wohnberechtigungsschein abgeben und nur meine Verdienstbescheinigung, den Nachweis über den Integrationskurs und die 60 Pflichtsunden abliefern. Und ein Bild. Das hab ich alles, aber das Formular war eben trotzdem falsch. Und nun muss ich warten, was der Sachbearbeiter mit seinem Chef bespricht. Aber das wird schon. Ich bin ja mittlerweile Experte. Du weißt doch, Mila, mein erstes deutsches Wort war: Asylanerkennungsbeschleunigungsverfahren. Wer das Wort aussprechen kann, übersteht alles weitere.» Er lächelt zuversichtlich. Faris ist für mich ein Phänomen. Er ist nun seit sieben Jahren in Deutschland, spricht richtig gut Deutsch, hat seinen Job als Verkäufer an einer Tankstelle und lässt sich durch fast nichts aus der Ruhe bringen. Zumindest tut er immer so. Peinlich genau hält er sich an die Vorschriften aus den Merkblättern und macht alles, was man von ihm verlangt. Dabei wirkt er immer gelassen. Und obwohl er im Iran Schreckliches erlebt haben muss, tut er alles, um Heiterkeit und Optimismus zu verbreiten. Manchmal ist mir das unheimlich. Ich habe ihn mal nach seiner Familie im Iran gefragt, da hat er gelächelt und gesagt, dass er sich hier eine neue Familie suchen wird. Nichts weiter. Es kommt mir so vor, als habe er seine Vergangenheit in ein Zimmer in seiner Seele, irgendwo tief drinnen, eingesperrt, die Tür verschlossen und vernagelt und ein großes Lachgesicht auf die Fassade gemalt. Niemand soll denken, dass hier eigentlich ein kaputter trauriger junger Mann wohnt. So sieht das aus. Nur wenn ich mit ihm schlafe, erzählt mir sein Körper eine andere Geschichte. Eine rastlose und unruhige. Aber eine, bei der er zärtlich geblieben ist. Wir sind sehr ruhig, wenn wir ineinander sind. Manchmal ist es eben auch gut, die Vergangenheit weg zu sperren. Sonst frisst sie einen auf und dann wär man tot, noch bevor man sie überlebt hat. Und dann wär das Überleben völlig überflüssig und sogar nutzlose Energieverschwendung...

Manuel bietet uns immer wieder was von seiner Tüte an: «Zieht doch mal, ist garnicht sooo schlecht und ein paar Restkrümel sind ja drin.» Aber weder Faris noch ich sind wild auf so einen Rattenfutterrausch. Zum Glück haben wir ja den Tee, der auch nach und nach seine Wirkung entfaltet. Faris achtet immer sehr darauf nichts Illegales zu tun. Jedenfalls würde er sich außerhalb unserer Wohnung nie mit irgendwelchen verbotenen Drogen erwischen lassen. Kratom ist legal. Und es wirkt sanft. Es ist sowas wie die kleine homöopathische Schwester vom Heroin. Sagt Manuel. Und der weiß das, weil er sich mit allen Drogen sehr gut auskennt. Ich weiß das nicht. Von den harten Sachen hab ich immer die Finger gelassen. Wer einen Vater hat, der nichts mehr auf die Reihe kriegt weil er chronisch im Suff ist, der ist nachhaltig vorgewarnt. Sich ab und an mit Kleinigkeiten ein schönes Gefühl machen - ok, aber sich völlig wegschießen? Nicht mit mir. Manuel legt Musik ein. Lou Reed singt vom walk on the wild side und Manuel liefert die entsprechenden Geschichten dazu und der Tee dampft in meiner Tasse. Ich mag das.

§ 6

Kaum angekommen im Heim, nimmt mich Mazlum beiseite. «Kannst du dir vorstellen, mit dem Herrn

Jakob noch einen -nennen wir es mal - Abendspaziergang zu machen?»

Abendspaziergang? Mitten in der Nacht? Seltsame Ideee...

«Ähm, ja klar. Warum nicht. Aber ist das nicht etwas spät? Und was sagt die Heckmann dazu? Ich muss doch eigentlich hier sein..?»

«Die kommt heut garantiert nicht mehr ins Haus.» sagt Mazlum. «Und den Rest wupp ich hier schon.»

«Ok», sag ich und klopf bei Heinrich Jakob am Zimmer Nummer 4. «Herein!» Er steht perfekt gekleidet und rausgeputzt vor seinem Spiegel. Er trägt einen feinen Anzug, in der Brusttasche steckt ein rotes Seidentuch, seine Hose ist perfekt gebügelt und seine schwarzen Slipper glänzen. «Sie haben sich aber schick gemacht, Herr Jakob. Das sieht schön aus.... Aber das wird in der Dunkelheit doch niemand sehen...?»

«Na großartig. Das Fräulein Frost. Hat der Mazlum Sie auf mich angesetzt? Ich komm schon klar. Ich möchte nur einen kleinen Ausflug machen. Sie müssen mich nur begleiten. Nach Kommentaren zu meinem

Äußeren hatte ich nicht gefragt. Und außerdem, mein Fräulein, ist gutes Aussehen wichtig. Immer. Verstehen Sie? Wenn Sie wollen, dass man Sie gut behandelt, dann ziehen Sie sich was Anständiges an!» raunzt er mich an.

Ich schaue kurz an mir runter. Ich trage mein altes grünes Winterkleid. Das stammt noch aus Kindertagen und ist vielleicht ein bisschen kurz. Es hat natürlich außerdem ein paar Macken und ein kleines Loch an der Seite, aber es ist an sich noch völlig in Ordnung. Ich werde wütend:

«Meinen Sie etwa wirklich, wenn ich ein Kostüm tragen würde, wäre ich plötzlich kein Ein-Euro-Jobber mehr?» provoziere ich ihn zurück. Aber er murmelt nur etwas Unverständliches. «Kleider machen Leute!» ruft er nun deutlicher artikuliert in meine Richtung.

«Ich glaube nicht, dass Wenzel Strapinski es gut getan hat, dass er sich verkleidet hat....» kontere ich. Nun hab ich ihn. Er starrt mich an. «So so, Sie kennen sich also aus in der Welt der Literatur. Sie haben Keller gelesen?»

«Ja. Aber ich habe ihn nicht verstanden. Weil ich nämlich vieles nicht verstehe in dieser Welt. Zum Beispiel, warum es eine solche Bedeutung haben soll, wie man aussieht und welche Klamotten man an hat. Aber falls Sie nun glauben, ich sei was Besseres, nur weil ich mal ein Buch gelesen habe, dann vergessen Sie's am besten gleich wieder. Ich kann mit diesem Bildungsdünkel nichts anfangen. Entweder Sie mögen mich, so wie ich bin, oder Sie lassen es bleiben. Mir egal. Können wir dann los?» Jetzt grinst er breit. «Sie machen Ihrem Namen alle Ehre, Fräulein Mrozek. Soviel Zickigkeit traut man Ihnen gar nicht zu, also so rein optisch. - Sie sind aber wirklich richtig frostig»

«Sie auch!» funkel ich zurück.

«Gut, dann können wir ja jetzt gehen.» sagt er und zieht sich seinen Mantel an. «Wir müssen in die Südstadt. Mit welcher U-Bahn fährt man da am besten?»

«Mit der Linie drei.» sag ich und wundere mich ein wenig. Für einen einfachen Abendspaziergang hat er eine sehr ausgeprägte Vorstellung, in welche Richtung er will.

Schweigend stapfen wir durch den Schnee. Er hat große Mühe vorwärts zu kommen, und sein Stock rutscht einige Male ungeschickt nach vorne weg. Es ist nicht weit bis zur Haltestelle der Linie drei, aber Herr Jakob schnauft wie eine Dampflock und ich mach mir ein bisschen Sorgen um ihn. «Haben Sie Ihr Herzspray dabei?» frag ich. Empört bleibt er stehen: «Obzwar ich alt bin, wertes Fräulein, bin ich nicht vollkommen plemplem. Verstehen Sie? Selbstverständlich habe ich es dabei. Es ist in meiner Brusttasche. Brauchen Sie was davon oder warum fragen Sie?»

Ich hebe beschwichtigend die Hände: «Schon gut, ich frag ja nur....» Wir gehen weiter. An den Stellen, wo der Gehweg geräumt ist, geht es einigermaßen, aber wir müssen immer wieder durch Schnee und Herr Jakob hat große Probleme, seine Beine aus dem Schnee zu heben. «Das nächste Mal nehmen wir ein Taxi, Mila!» zetert er. Mila! Er hat mich Mila genannt. Das gefällt mir deutlich besser als Fräulein Frost. An der Haltestelle lässt er sich erschöpft auf die Metallbank fallen. Bis die nächste Bahn kommt, dauert es acht

Minuten. Ich setze mich neben ihn. Eine ganze Weile schweigen wir uns an. Dann frag ich: «Wo wollen Sie eigentlich wirklich hin?»

«Richtung Bahnhof, in die Südstadt.»

«Und was machen wir dann da?»

«Was Sie machen, weiß ich nicht, aber ich werde mich auf die Suche nach einem Etablissement machen. Rote Dreizehn. Das soll in der Gegend dort nämlich sein, und ich bin schließlich ein Mann im besten Alter mit bestimmten Bedürfnissen. Verstehen Sie?»

«Sie wollen in einen Puff?»

Er zieht nur die Augenbrauen nach oben. In dem Moment fährt die Bahn ein und wir steigen ein.

Schweigend fahren wir die nächsten zwanzig Minuten zum Bahnhof. Ob Mazlum das gewusst hat? Und warum hat er es mir nicht gesagt? Herr Jakob blickt zum Fenster raus. Viel sieht man nicht draußen, wenn man in der U-Bahn sitzt...

Nach und nach gefällt mir die Idee, ihn in einen Puff zu bringen. Er wird Spaß haben und das ist das Wichtigste, wenn man alt ist und die Zukunft nur noch klein wie eine Maus. Als wir am Bahnhof aussteigen, ist es stockdunkel draußen. Die Straßenbeleuchtung ist kaputt, nur jede zweite Laterne leuchtet. Und die sonst so üppige Weihnachtsbeleuchtung ist komplett ausgefallen. «Wo ist denn jetzt hier das Etablissement?» erkundigt sich Herr Jakob und ich zucke mit den Achseln...

Ich gehe auf einen Penner zu und biete ihm eine Zigarette an «Wo gehts denn hier zur roten Dreizehn?» frag ich ihn. Er grinst mich breit an: «Willst du mit mir dahin Mäuschen?»

«Nein» lächle ich süffisant zurück, «mit ihm!» sag ich und deute auf Herrn Jakob.

«Alter Schwede, biste sicher, dass der noch einen hochkriegt?» fragt er und mustert den Alten mit seinem Stock von oben nach unten...

Dann erklärt er mir aber doch, wie wir dorthin kommen. Ich hake mich bei Herrn Jakob ein und wir gehen die Straße runter, die uns der Penner gezeigt hat. «Je älter der Bock, desto steifer das Horn.» ruft der uns lachend nach. Einmal rechts abbiegen und dann die Zweite links und schon stehen wir vor der Roten Dreizehn. Ein solides Haus aus den Fünfziger Jahren.

In roter Leuchtschrift steht Rote Dreizehn über der Tür. Aus den Fenstern dringt dämmriges rotes Licht. Die Tür ist angelehnt und als wir sie öffnen , stehen wir im Treppenhaus. Vor uns ein Schild:

Bitte beachten Sie auch

unsere Damen im Keller

«Ab in die Gruft!» ruft Herr Jakob und schwenkt seinen Stock wie ein Florett durch die Luft. Dann stellt er ihn an der Wand ab und wankt die Stufen runter. «Ähm, ich warte draußen, ok?» ruf ich ihm nach und verlasse das Gebäude.

Draußen hol ich meine Zigarettenschachtel raus. Leer. Also krame ich meinen Tabak aus der Tasche und dreh mir eine Zigarette. Die Sterne zwinkern mir zu, und obwohl es lausekalt ist, frier ich nicht. Die Vorstellung, dass Herr Jakob da drin verwöhnt wird, wärmt mich irgendwie. Der Typ ist ein Scheusal, aber er lebt noch. Lebt, mit allem was dazu gehört. Das ist schön. Ich zünde mir die Fluppe an und schaue in den Himmel. Sooo viele Sterne. Es sieht im Winter immer so aus, als seien es viel mehr als im Sommer. Ein Astronom würde mir jetzt bestimmt erklären, dass der Winterhimmel einen ganz anderen Ausschnitt des Universums zeigt als der Sommerhimmel. Aber das ist Blödsinn. In Wirklichkeit ist es so, dass im Winter mehr Sterne leuchten als im Sommer, weil es so kalt und dunkel ist, und man einfach mehr Sterne braucht, um nicht verrückt zu werden. Wenn es nämlich schon am Nachmittag dunkel wird und der ganze Tag ohnehin schon furchtbar kalt war, dann braucht man was, woran man sich freut, und das sind die Sterne. Und weil sie das wissen und Gott ihnen nunmal diesen Job zugewiesen hat, leuchten sie im Winter mehr. Heller. Und glitzriger. Und deshalb sieht es so aus als wären es mehr. Und deshalb kann man so gut in den Sternenhimmel glotzen und vergessen wie kalt es ist.

«Na? Pause?» fragt mich eine Stimme von rechts. Ein dicker Typ in einem roten Hemd, einem fleckigem Sakko und einer Flasche Wodka in der Hand lehnt sich an die Wand und zwinkert mir zu. «Lässt du mich rein, wenn du fertig geraucht hast?» fragt er und mustert mich von oben bis unten. «Ich arbeite nicht hier!» klär ich ihn auf und schaue wieder nach oben. «Ich würd trotzdem gern bei dir rein.» sagt der Typ und geht dabei weiter mit seinen Augen auf meinem Körper spazieren. «Vergiss es!» raunze ich den Typen an und starre bewusst an ihm vorbei. «Wir könnten uns ein Zimmer mieten?» versucht er es nochmal. Ich antworte nicht mehr.

«Du willst dir doch bestimmt ne Kleinigkeit dazu verdienen fürs Studium, oder?» Er streichelt mir über die Haare. Ich schiebe seine Hand weg.

Er bleibt. «Wie viel willst du?» fragt er weiter. Ich antworte weiter nicht. Ignorieren scheint mir das Beste. Und ich habe Recht. Schließlich verzieht er sich.

Nach einigen Minuten kommt er aber nochmal zurück und starrt mich wieder an. Minutenlang. Dann verzieht er sich wieder.

Ich schaue in die Sterne und warte auf Herrn Jakob.

Und meine Füße werden langsam eiskalt...

Herr Jakob schnauft wie eine Dampflok, als er wieder hochstapft. Er greift nach seinem Stock und macht ein mürrisches Gesicht. «Das ist doch nix mehr!» schimpft er. «Die sind ja alle rasiert heutzutage. Ich bin doch kein Kinderficker, ich wollte eine Frau! Verstehen Sie? Eine, die auch reden kann..ach..... Früher..».....

Er macht eine Pause, holt Luft: «Früher war ein geheimnisvolles schwarzes Dreieck zwischen den Beinen der Frauen, heute sind da nur die nackerten Ritzen.» Er schnaubt verächtlich....«Und die können nicht reden. Die reden einfach nur komisch...»

Ich würde ihn gerne fragen ob es denn überhaupt nicht schön war und ob überhaupt was gelaufen ist, aber ich trau mich nicht. Er macht ein derart mürrisches Gesicht, dass sich kein Laut über meine Lippen traut. Herr Jakob schimpft noch eine Weile brabbelnd vor sich hin, bis er irgendwann ganz still wird. Schweigend fahren wir zurück ins Heim. Die Sterne leuchten weiter so hell, als wär nichts passiert. Aber Herr Jakob sieht seltsam alt aus.

§ 7

Manuel sagt, er kann mir die Papiere für den Basiskurs besorgen. Er kennt einen, der kann alles perfekt fälschen. Kostet allerdings was. Um genau zu sein kostet das Zertifikat für das erfolgreiche Absolvieren eines Basiskurs Pflegeassistenz schlappe 200 Euro. Ich hab keine Ahnung, woher ich das Geld nehmen soll. Und der Typ arbeitet nur auf Vorkasse. Aber klar ist, dass ich das Geld irgendwie besorgen muss. Sonst bin ich da ganz schnell wieder draußen, krieg noch weniger Geld und dann fällt mir wieder die Decke aufn Kopf. Mein letzter Ein-Euro-Job war Rasenmähen an der Autobahn gewesen. War zeitlich befristet. Auf einen Monat. Dann war der Rasen kurz und jemand anderes durfte wieder von vorne anfangen. Und dann wurd ich in das Heim vermittelt. Im September. Und ich habe es geliebt. Sofort. Die alte Rosalind, Frau Zimmermann, Mazlum und alle anderen. Und eigentlich bräuchte ich diesen blöden Kurs tatsächlich nicht. Die haben mich eh mittlerweile schon überall eingesetzt. Auch für Sachen, die ich eigentlich nicht machen dürfte. Kein bisschen nicht. Noch nicht mal mit absolviertem Basiskurs Pflegeassistenz. Und deshalb ist es auch egal. Aber wenn ich jetzt wieder weggeschickt werde, dann weiß ich echt nicht. Ich weiß sowieso nichts. Nicht, wo ich eigentlich hingehöre, und schon gar nicht wie es mit mir weitergehen soll. Ich weiß nur, dass ich mich in dem Heim grad ganz wohl fühle und zumindest ein bisschen was Gutes tun kann. Also brauch ich zweihundert Euronen für diesen blöden Wisch. Ich werde Lisa fragen, ob sie mir das Geld vorstreckt...

Diese Woche hab ich keinen Nachtdienst, nur Frühschichten und das heißt sehr sehr früh aufstehen, damit man um 6.30 Uhr dort ist. Aber heut hab ich noch frei. Bin ja schließlich erst heute früh nachhause gekommen und eigentlich sollte ich nun den Schlaf der Nacht nachholen, aber ich bin noch zu aufgewühlt von dem Ausflug mit Herrn Jakob. Als wir wieder im Heim waren, ging er missmutig schlafen, und ich saß bei Mazlum im Zimmer und hab mir erzählen lassen, was er so über Heinrich Jakob weiß. Anwalt war er, in München. Und eingeliefert hat er sich selbst, weil sein

Sohn ihm Ärger gemacht hat, nachdem er mehrmals in seiner Wohnung umgekippt ist. Daraufhin hat er sich hier einquartiert, um weit weg von seinem Sohn zu sein, seine Ruhe zu haben und eine gewisse Versorgung. Er hatte einige Berühmtheiten vor Gericht vertreten. In allerlei delikaten Delikten. Offenbar war er ein berühmt-berüchtigter Anwalt. Und ein Lebemann obendrein. Irgendwie hab ich Schwierigkeiten, den Anwalt aus Mazlums Erzählungen mit dem alten Heinrich im Heim in Einklang zu bringen. Als wären das zwei verschiedene Personen. Aber das macht die Zeit. Die Zeit ist unser Feind, sie entfremdet uns von uns selbst. Was hab ich noch mit der fröhlichen Marionettenspielerin Mila gemein, die ich vor einem Jahr noch war? Die, die selbst, wenn sie frierend und hungernd irgendwo mit Matteo und den Puppen kampierte, ihren Humor und ihren Optimismus nicht verlor? Die, die so lebenshungrig und neugierig auf die Welt war? Die scheint irgendwie im Bus weitergefahren zu sein. Nur meine Milahülle ist noch da. Und ist nun wieder gefüllt mit der gleichen schweren Traurigkeit, die ich als Kind schon kannte. Und schuld daran ist die Zeit, die einen einfach so davonträgt. Die Idee, die Zeit anzuhalten oder durch die Zeit zu reisen, ist definitiv eine gute. Ich würde zurückreisen ins dritte Jahr mit Matteo. In den Sommer in Antibes, als wir abends am der Strandpromenade mit nur zwei Marionetten französische Chansons geschmettert haben. Die Leute saßen um uns rum und betrachteten verzückt den König im roten Mantel und seine Eisprinzessin. Und die Puppen schmachteten sich an und sangen von L`amour und La Nuit. Und die Münzen und Scheine flogen nur so in unseren Hut. Und später dann saßen wir am Strand und haben die ganze Nacht dem Meer beim Rauschen zugehört. Das war der bisher schönste Zeitpunkt meines Lebens. Da würd ich hinreisen und dann die Zeit anhalten.

Aber vielleicht wäre Matteo und sein Marionettenkönig dann garnicht in Antibes, weil er woanders hin gereist wäre, in der Zeit. Vielleicht würde er seine Zeit grade jetzt anhalten, weil er vielleicht grade jetzt mit einer anderen neuen Frau seinen schönsten Moment hat.... und dann würde ich allein mit der Eisprinzessin in Antibes am Strand sein. Und ganz sicher würde niemand einer einzelnen kleinen traurigen Marionette glauben, wenn sie von großer Liebe singt, weil ja keiner da wäre, der sie liebt....und dann klänge es nicht echt... und es würden keine Münzen in den Hut fallen... und das Rauschen des Meeres würde bedrohlich klingen, wie die Ewigkeit, weil die Ewigkcit auch eine sehr bedrohliche Angelegenheit ist, wenn man genau drüber nachdenkt und deshalb ist es eben vielleicht doch keine gute Idee, durch die Zeit zu reisen und sie dann anzuhalten. Man geht sonst vielleicht der Ewigkeit ins Netz und das ist bestimmt gefährlich...

Stell dir doch nur mal vor, du reist in den falschen Augenblick und bleibst dann für ewig darin hängen. Und dann nutzt dir ja noch nicht mal ein Selbstmord was, weil du ja sofort wieder zurückfällst in den Zeitmoment, den du dir vorher ausgesucht hast. Zumindest könnte das passieren. Und dann würde das Rauschen des Meeres bedrohlich klingen,- und eben nicht mehr schön. Ich verscheuche meine Gedanken, die sich auf die Zeitreise gemacht haben, und schaue ins Hier und Jetzt. Aber irgendwie ist die Vergangenheit sofort wieder hier: Die Eisprinzessin hängt nämlich an meinem Fenster und schaut hinaus in den Schnee.

§ 8

Lisa hat mir das Geld geliehen und ich hab es Manuel weitergegeben, damit er es seinem Fälscher-Kumpel für den Basiskurs-Wisch weitergibt. Manuel meinte, es würde etwa eine Woche dauern. Seither warte ich auf den 1. Dezember und die Überweisung vom Arbeitsamt. Dann kann ich Lisa die zweihundert Euro wieder geben und Frau Heckmann das Zertifikat und dann schauen, wie ich eben mit noch weniger Geld über den Monat komme. Aber zumindest wäre dann mein Ein-Euro-Job im Heim gerettet. Und das ist schon ziemlich viel, denn das ist im Moment ja alles, was ich habe.

Heute muss ich erstmal den Morgendienst im Heim überstehen. Das ist viel unangenehmer als die Nächte, aber das ist egal. Eigentlich dürfte ich sowieso nur tagsüber eingesetzt werden. Aber wann welche Paragraphen gelten, das ist relativ willkürlich. Und in dem Fall bin ich ja froh, dass sich keiner dran hält, denn schließlich ist es nachts viel besser als tagsüber. Aber heute muss ich hin.

Als ich ankomme, wird Rosalind gerade wieder ins Bett gebracht. Sie strahlt mich an. Ich lächle zurück, dann wird sie von dem neuen Zivi und der dicken Monika in ihr Zimmer bugsiert. Hoffentlich sind sie nicht zu grob zu ihr... Ich schließe meinen Rucksack in den Spind und melde mich im Pflegezimmer. Frau Heckmann sitzt am Schreibtisch. Kaum sieht sie mich, scheucht sie mich los. Ich soll Tische decken, die Handtücher zusammenlegen und die Klorollen in den Gästetoiletten überprüfen und gegebenenfalls wieder auffüllen. Ich renne vom Speisesaal in die Wäsche-kammer, von dort durch die Toiletten und schließlich wieder zum Speisesaal, um dort abzuräumen. Frau Heckmann geht fort um einzukaufen, Schwester Mo-nika, der Zivi und ich bleiben zurück. Es klingelt. Der Zivi drückt den Sprechknopf. Es ist Frau Schmidtke «Ich muss aufs Klo, bitte schnell!»

«Wir kommen sofort» sagt der Zivi in die Sprechanlage, drückt den Knopf und geht dann aber erstmal eine Zigarette rauchen mit Monika.

Ich starre den Beiden fassungslos nach.

Ich darf den alten Leuten nicht aufs Klo helfen. Ich bin nicht versichert. Aber ich weiß, dass Frau Schmidtke aufs Klo muss und wenn man aufs Klo muss und nicht alleine kann, dann ist jede Minute wie eine Stunde und ich kann mich nicht von der Vorstellung lösen, wie sie da in ihrem Bett liegt und leidet.

Und dann geh ich zu ihrem Zimmer.

Ich hieve sie mühsam hoch und wanke langsam mit ihr ins Bad. Ich habe Angst, dass jemand kommt und ich habe Angst, dass sie mir runterfällt, denn leider bin ich nicht sehr stark, aber ich schaffe es, sie auf der Schüssel abzusetzen. Ich ziehe die Flügelhemden auseinander und starre schockiert auf ihren Hintern und Rücken. Alles ist knallrot. «Danke danke» stammelt Frau Schmidtke und pinkelt los, die Arme noch immer fest um meinen Hals geschlungen, als habe sie Angst ins Klo zu fallen und dort zu ertrinken....

Als ich sie wieder ins Bett bugsiert habe, hält sie meine Hand fest: «Dankeschön Frolein Mila, Dankeschön, was für eine Erleichterung!» Ich weiß nicht, was ich sagen soll. Mein Rücken tut weh und ich bin völlig fertig, weniger wegen der Anstrengung als wegen der Anspannung, weil was hätte passieren können.

Ich komme vor ins Pflegezimmer, wo sich Schwester Monika und der Zivi mittlerweile auch wieder aufhalten. Offenbar kam keiner von beiden auf die Idee, mir zu helfen. Im Gegenteil. Sie scheinen sauer zu sein. «Du musst nicht immer sofort losrennen, wenn die Alten klingeln. Du verwöhnst die sonst nur und das können wir nicht leisten, dass wir immer sofort da sind, wenn die klingeln. Die müssen warten lernen. Wir sind ja schließlich nur zu dritt. Hast du verstanden?» Monika funkelt mich böse an. Ich nicke. Ich weiß ja schon, dass es manchmal eng und zeitlich knapp ist. Aber ich versteh auch nicht, wie man in Ruhe eine rauchen kann, wenn unmittelbar vorher jemand um Hilfe bittet. Aber ich verstehe so vieles nicht und bin deshalb still.

§ 9

Es war eigentlich klar, dass das nicht klappen würde. Manuel war einfach zu sehr von der Rolle in den letzten Wochen. Er hatte mein Geld nicht weiter gegeben, sondern für Dope rausgehauen. Das hat er mir gestanden, nachdem ich ihn zum hundertstenmal gefragt habe, wo mein Zertifikat bleibt. Ich hab ihm daraufhin am 1. Dezember nochmal zweihundert Euro gegeben und er hat es direkt zu seinem Kumpel gebracht und mir versprochen den Wisch sofort zu bringen, sobald ihn sein Kumpel fertig hat. Jetzt hab ich gar kein Geld mehr auf dem Konto. Denn die vierhundert Euro, die kamen, hab ich direkt an Lisa und Manuel gegeben. Nun hab ich nur noch drei Euro im Geldbeutel. Das ist nicht besonders viel, wenn man bedenkt, dass der Monat noch 27 Tage dauert und erst in 14 Tagen nochmal eine kleine Zwischenzahlung aus dem EEJ kommt. Zum Glück ist der Kühlschrank noch voll, weil Lisa und Faris eingekauft haben. Dennoch ist das so kein Zustand. Ich muss doch wenigstens was zu essen kaufen. Ich bin sowieso längst mal wieder dran.

Naja. Manuel eigentlich auch. Zumal der oft solche Fressflashs hat und dann alles leer futtert. Lisa kauft ja immer ein und Faris auch, aber der isst fast nichts. Ich glaube, ich bin die einzige hier, die halbwegs normal isst, aber ich mag nichts essen, wenn ich nichts beisteuern kann. Das fühlt sich falsch an. Manuel macht das nichts aus, aber dem ist eh alles egal und Lisa und Faris sind viel zu nett, als dass sie ihm das vorwerfen würden. Aber es fällt eben trotzdem auf. Andererseits ist Manuel der Hauptmieter der Wohnung und er hat mich einziehen und wohnen lassen, obwohl ich ihm erst einige Zeit später meinen Mietanteil geben konnte. Das vergesse ich ihm nicht. Trotzdem wäre es gut, wenn er zwischendurch mal was anderes machen würde, als sich chronisch zuzuknallen. Er kriegt derzeit echt nichts mehr auf die Reihe. Ich frag mich, ob er überhaupt noch Seminare an der Uni besucht...

Heute hab ich wieder ein Morgendienst. Leider also wieder viel Stress, kein Mazlum, dafür die Heckmann, die Schwester Monika und der Zivi. Vielleicht noch die beiden Aushilfspfleger... die sind aber auch kein

Vergnügen. Als ich ankomme, ruft mich Frau Heckmann direkt ins Büro: «Machen Sie bitte die Tür zu!» Ich schließe die Tür und bleibe unschlüssig vorm Schreibtisch stehen.

«Haben Sie den Basiskurs inzwischen absolviert?»

Scheiße.

Jetzt hilft nur improvisieren.

«Ja, Ich bekomme in den nächsten Tagen das Zertifikat.»

«Wie soll das denn gehen? Das bekommt man doch direkt im Anschluss an die letzte Sitzung?» fragt sie empört.

«Ja, aber die Vordrucke waren aus und deshalb bekomme ich mein Zertifikat nachgereicht.»

Das klingt gut. Glaubwürdig, oder?

«Frau Mrozek, das wollen Sie mir doch nicht wirklich weismachen, oder?»

«Doch. Wirklich. So war es. Die Frau vor mir hat noch eins bekommen und das wars. Ich bringe Ihnen morgen das Zertifikat.»

Ich bin schlecht im Lügen. Ich weiß das. Aber für meine Verhältnisse klinge ich grade wirklich überzeugend.

«Das können Sie sich sparen Frau Mrozek.»

Ich spüre, wie sich ein dicker Kloß in meinem Hals breit macht und mir Tränen in die Augen steigen. Jetzt bloß nicht losheulen. Nicht vor der.

Ich reiß mich zusammen und versuchs nochmal: «Frau Heckmann, es ist wirklich so. Der Kursleiter hat zu mir gesagt, ich soll am Donnerstag in seinem Büro vorbeikommen und dann kann ich den Schein abholen.» Diesmal kling ich absolut echt. Das ist gut. Das spült die aufsteigenden Tränen runter.

Aber die Heckmann schüttelt weiter den Kopf: «Das spielt keine Rolle mehr, Frau Mrozek. Ich habe nach dem Zertifikat eigentlich nur noch aus Interesse gefragt. Das ist nämlich mittlerweile völlig irrelevant. Es hat mich nur interessiert, ob Sie sich wenigstens darum bemüht haben. Es ist nämlich so: Man hat mir geschildert, dass sie mehrfach gegen die Bestimmungen verstoßen haben. Gestern beispielsweise haben Sie Frau Schmidtke alleine zur Toilette gebracht. Dazu sind Sie nicht berechtigt. Das wissen Sie auch. Und das war nicht das erste Mal. Ich kann hier niemanden brauchen, der solch unverantwortliche Dinge tut. Die älteren Menschen, die uns anvertraut werden, bauen darauf, hier kompetent umsorgt zu werden. Dazu gehört auch, dass sie sich sicher und geborgen fühlen wollen. Außerdem sind wir stets daran interessiert, unsere Ein-Euro-Kräfte langfristig ins Heim einzubinden» Ich platze raus: «Ja, aber das will ich doch auch. ich möchte gerne längerfristig hier arbeiten, wirklich!»

«Mag sein, aber dafür ist es nun wohl zu spät. Sie hätten sich an die Vorgaben halten müssen.» Sie macht eine kleine Pause, schaut an mir vorbei aus dem Fenster und fährt fort: «Ich habe Ihnen das mehrfach gesagt, dass Sie sich an die Vorschriften halten müssen. Ich bemühe mich nämlich immer um unsere Ein-Euro-Jobber. Aber es muss auch was zurück kommen. Und wenn man immer nur tut, wonach einem ist, anstatt sich anzupassen, dann passiert eben sowas!

Ihr Verhalten war in höchstem Maße unverantwortlich. Sie sind hiermit fristlos entlassen. Ihre zuständige Sachbearbeiterin beim Arbeitsamt habe ich bereits informiert. Ich muss Sie bitten, mir Ihren Spindschlüssel sofort auszuhändigen.»

Mechanisch krame ich den Schlüssel aus dem Rucksack. Ich nestle lange am Schlüsselring rum, bis ich ihn von meinem restlichen Schlüsselbund befreit habe. Dann leg ich ihn ihr hin. Sie öffnet eine Schublade und verstaut darin den Schlüssel und greift nach einem Umschlag, den sie mir übern Tisch schiebt: «Hier ist noch das Überschuss-Geld für die letzten zwei Wochen. Möchten Sie es nachrechnen?»

Nein, will ich nicht. Ich kann sowieso nicht rechnen. Jedenfalls grade nicht. Ich hab ja schließlich auch nicht mit dieser Kündigung gerechnet. Ich hatte doch eigentlich mit einer Zukunft gerechnet. Dafür hab ich grade mein ganzes Geld ausgegeben. Für ein kleines bisschen Zukunft. Hier bei Rosalind. Bei Frau Schmidtke, bei Mazlum und dem alten Heinrich Jakob... Heinrich..mir fällt ein altes Märchen ein... Heinrich, der Wagen bricht. Aber nein mein Herr, das ist nur das Band um mein Herz, das ich angelegt habe, damit mir mein Herz vor Kummer nicht zerspringen möge.

So ein Band brauch ich jetzt auch. Ein Band ums Herz. Wo gibts diese Scheißbänder? Wo..?

Ich quittiere den Erhalt des Geldes, nehme die Kündigung entgegen und geh wortlos raus.

Draußen vor dem Heim weiß ich zunächst gar nicht, wohin ich gehen soll. Ich bleibe eine Weile stehen, bis mir die Kälte durch die dünnen Sohlen meiner Schnürschuhe die Beine hochkriecht. Dann mach ich mich zu Fuß auf den Heimweg. Keine Bahn jetzt. Ich muss jetzt einfach einen Fuß vor den anderen setzen. Einen Fuß vor den anderen. Immer weiter gehen. In den Süden der Stadt. Irgendwann werde ich schon ankommen. Und dann werde ich... ja, was werde ich dann? Ich weiß es nicht.

Ich gehe einfach nur immer weiter.

Als ich da bin, weiß ich es immer noch nicht. Ich schließe die Wohnungstür auf. Ich trete ein. Ich werfe die Tür zu und hänge meine Jacke an den Nagel im Hausflur. Ich laufe auf mein Zimmer zu. Da reißt Manuel seine Tür auf und kommt mir mit strahlendem

Gesicht entgegen. In seiner rechten Hand schwenkt er ein Stück Papier: «Schau mal Mila, er hat sich extra für dich beeilt, weil ich ihm Stress gemacht hab. Hier ist deine Teilnahmebescheinigung. Du hast den Basiskurs Pflegeassistenz mit Erfolg absolviert! Voilà!»

§ 10

was gut ist:

ein Zimmer, in das es nicht reinschneit

ein Mitbewohner mit Dope

eine Eisprinzessin am Fenster

und die Sterne am Himmel...

was schlecht ist:

ein Zertifikat, das zu spät kommt

ein Mitbewohner mit Dope

eine Eisprinzessin am Fenster

und die kalten Sterne am Himmel...

§ 11

Von der letzten Auszahlung kauf ich ein großes Brot, eine Packung Kaffee, einige Packungen Spaghetti, eine Dose Tomaten, Zigaretten und Schokolade. Als ich grade alles ausgepackt und verstaut habe, klingelt es. Ich drücke den Öffner und höre wie unten die Außentür aufgedrückt wird. Als nach einer Weile keiner kommt, mach ich die Wohnungstür wieder zu. Offenbar war es nur der Briefträger und kein Besucher. Ich setze mich an den Küchentisch und zähle das Restgeld in meinem Portemonnaie. 41 Cent. Das ist nicht viel. Eigentlich schuldet mir Manuel ja noch zweihundert Euro. Aber es ist sehr unwahrscheinlich, dass ich die jemals wieder sehe. Allerdings ist der Kühlschrank hier erstmal voll. Verhungern werd ich vorerst bestimmt nicht, aber ich muss mir trotzdem was einfallen lassen, wie ich an Geld komme. Wenn ich mich nur nicht immer so schwach und elend fühlen würde. Heute morgen wollte ich in dem Supermarkt fragen, ob sie jemanden zum Kisten einräumen brauchen. Aber ich habe es nicht geschafft zu fragen. Ich habe

einfach die dummen Lippen nicht auseinander bekommen, als ich vorm Marktleiter stand. Wie blo-
ckiert. Das war unendlich peinlich. Ich bin peinlich.

Vermutlich war das früher schon so. Irgendwas jedenfalls scheint mit mir nicht zu stimmen. Sonst hätte
mich Matteo doch sicher auch behalten wollen. Denn
Puppenspielen konnt ich gut. Und singen und lieben
auch. Aber das alles hat nicht ausgereicht, um mich
behalten zu wollen. Vielleicht bin ich einfach zu hässlich, oder sonst irgendwie nicht liebenswert... Wenn
ich ein liebenswertes Kind gewesen wäre, hätte sich
mein Vater vielleicht zusammengerissen und hätte
nicht soviel gesoffen. Man säuft doch nicht soviel,
wenn man ein nettes kleines Mädchen zuhause hat,
auf das man aufpassen muss. Ich mein, sowas passiert
doch sicherlich nur dann, wenn das verbliebene Kind
es nicht wert ist, sich anzustrengen. Es musste etwas
mit mir nicht stimmen. Ich war eben auch nie besonders hübsch. Ich habe stumpfes dunkles Haar. Dunkle
Augen. Ich bin nicht groß und auch nicht klein. ich
bin nicht dick und nicht dünn. Ich bin einfach von o-

ben bis unten, von vorne bis hinten nichts Besonderes...

Nur als ich mich hinter den Marionetten verstecken konnte, da konnte ich schön singen, dann hat man mir geglaubt, dass ich eine wahre Eisprinzessin bin. Eine Prinzessin mit glockenheller Stimme und dem blausilbernen langen glatten Haar, der kleinen hellblauen Krone und dem weißen Glitzerkleid. Aber ohne Puppe war ich wieder nur ich. Und ohne Puppe versagt mir die Stimme...

Es hämmert an die Tür: «Hallo? Fräulein Mrozek? Mila? Sind Sie da?» grantelt eine alte, mir bekannte, Stimme an der Tür. Herr Jakob. Ich stürme zur Tür uns öffne. Da steht er wirklich. Japst etwas nach Luft und lächelt mich an. «Herr Jakob! Was machen Sie denn hier? Und ohne Begleitung sollen Sie doch garnicht mehr unterwegs sein?» Er geht mit seinem Stock an mir vorbei und raunzt mich gleich wieder an: «Schön, Sie zu sehen Herr Jakob. Wie nett, dass Sie nach mir sehen, kommen Sie doch rein und machen Sie es sich gemütlich! - so heisst das! Lernt Ihr jungen Leute heute den gar nicht mehr, was Benehmen und

Anstand ist?» Ich eile an ihm vorbei, strecke ihm meine Hände entgegen, um ihm den Mantel abzunehmen, deute mit dem Kopf gleichzeitig in die Küche und sage: «Genau das wollte ich sagen.»

Er hustet, geht zwei Schritte vorwärts, hustet wieder, kommt in der Küche an und lässt sich schließlich auf einen Stuhl fallen. Ich fülle ein Glas mit Leitungswasser und stell es ihm hin.

Er nimmt einen tiefen Schluck. Dann schaut er auf den Geldbeutel und die 41 Cent auf dem Küchentisch. Dann sieht er mir ins Gesicht: «Ich habe gehört, was passiert ist. Es tut mir sehr leid.»

«Ja. ist ja nicht Ihre Schuld.»

«Ich habe ja auch nicht gesagt, dass ich schuld bin! - Also, ich wollte Ihnen einen Job anbieten. Was halten Sie davon, meine professionelle Ausgeh-Begleiterin zu werden?»

«Wie soll das gehen?»

«Nun. Als Begleitung eben. Sie begleiten mich auf Spaziergängen, führen mich aus und ich bezahl Sie dafür. Verstehen Sie?»

Einen Augenblick überleg ich, wie er Begleiterin meint. Escortdame oder einfach tatsächlich jemand, der neben ihm herläuft und aufpasst, dass er nicht stolpert und rechtzeitig an sein Spray kommt? Egal. Es geht nicht. Ich mag ihn und deshalb geht das nicht. Ich begleite ihn vielleicht einfach so, aus Geselligkeit, aber nicht gegen Geld. Das sag ich ihm auch so. Daraufhin guckt er verdutzt aus der Wäsche. «Das Frolein Frost übt sich also in Moral und hehren Vorstellungen von der Welt? Schön schön. Ich nehm Sie trotzdem nur mit gegen Bezahlung, denn ich werde Sie öfter brauchen als Ihnen lieb sein wird und niemand hält Sie ab mich auch mal einfach so zu einem Spaziergang zu begleiten, aber wenn ich Sie verlässlich brauche, dann kann ich es mir nicht leisten, dass Sie einen anderen Job nebenher haben. Sie können sich aussuchen, wie wir das machen. Entweder ich bezahle Sie pro Einsatz mit einem Stundenlohn von sagen wir zehn Euro oder wir vereinbaren eine Basis-Monatszahlung von sagen wir fünfhundert Euro und wenn ich Sie mehr als fünfzig Stunden im Monat brauche, gibts Nachzahlung. Verstehen Sie?»

Er legt den Kopf schräg und fährt fort: «Sie können sich übrigens nur zwischen den Zahlungsweisen entscheiden. Ein grundsätzliches Nein wird nicht akzeptiert.» Ich starre ihn einen Augenblick an. Ich weiß immer noch nicht recht, was ich nun sagen soll. Einerseits ist das ein tolles Angebot und ich wäre mit einem Schlag alle meine Probleme los und könnte überdies viel Zeit mit diesem interessanten Mann verbringen. Andererseits hab ich Schiss, dass er Begleitung vielleicht doch im Sinne von Escortdame meinen könnte. Und darauf hab ich nun wirklich keine Lust. Ich verkauf meinen Körper nicht. Das würde mir nicht gelingen. Das ist mir zu nah, zu intim. Aber.. das scheint auch nicht seine Absicht zu sein...

Einmal hat mich ein Nachbar bei uns im Haus gefragt, für wieviel ich es mit ihm machen würde... ich war so überrascht von dem Ansinnen, dass ich nur weggerannt bin und danach habe ich, bevor ich die Wohnung verlassen habe, immer ins Treppenhaus raus gehorcht, ob er irgendwo lauert...

Das war in dem Sommer, in dem ich dann Matteo begegnet bin, und mit ihm fort gegangen bin. Seither hab ich den nie mehr gesehen. Ich hab ja auch meinen Vater nie mehr besucht. Manchmal ruf ich ihn an, aber meistens lallt er mir nur Vorwürfe in den Hörer...

und dann...

«Was ist nun?» fragt Heinrich und schaut mich durchdringend an. Ich weiß immer noch nicht, was ich sagen soll. «Gut» sagt er, fummelt aus seiner Jacketttasche einen dicken, silbernen Kugelschreiber und ein Stück Papier. «Schreiben Sie mir hier Ihre Telefonnummer auf. Ich ruf Sie morgen an, wann ich Sie brauche.» Er schiebt mir beides über den Tisch und ich schreib die Festnetznummer der WG auf den Zettel. Er zieht die Augenbrauen hoch, als er die Nummer liest. Dabei ist es eine ganz normale Nummer, aber offenbar treiben ihm die Zahlen die Brauen hoch. Es gibt sicherlich auf der ganzen Welt niemand, der seine Augenbrauen sooo hoch ziehen kann wie Heinrich Jakob. Es ist ein Wunder, das sie quasi nicht auf der anderen Seite des Kopfes wieder runterfallen, denn seine Stirn wird höher und höher, wenn er seine Augenbrauen hochzieht, und streckt sich dann fast bis zur Kopfmitte. Unvermittelt fallen die Brauen wieder runter und er faltet den Zettel sorgfältig einmal in der Mitte, und steckt ihn samt Kugelschreiber wieder in sein Jacket zurück. Er erhebt sich erstaunlich schnell von seinem Stuhl und geht hinaus in den Flur. Ich helfe ihm in seinen Mantel. «Wollen Sie nicht noch bleiben? Ich könnte einen Kaffee kochen?» Er schüttelt den Kopf. Ich muss zum Essen wieder im Heim sein. Ich hab mich schließlich nicht abgemeldet. Ich begleite ihn die Treppen runter. Es dauert endlos, denn er hat große Probleme beim Abwärtssteigen und bleibt alle drei bis vier Stufen stehen und atmet schwer. Ungefähr im dritten Stock beginnt er laut zu fluchen. Eine Scheiße sei das mit dem Alter. Eine gottverdammte Scheiße. Und eine Zumutung, dass es immer noch Häuser gäbe, die keinen Aufzug haben. Dann ist er weiter gegangen. Im Erdgeschoß hat er dann seine kultivierte Sprache wieder gefunden. Er will nicht, dass ich ihn noch zum Heim begleite. Ich soll nur morgen auf seinen Anruf warten. Er nimmt einen Hub aus seinem Spray; dann stiefelt er davon mit seinem Stock. Wackelt energisch durch den weißen Schnee...

§ 12

Er ruft schon um 8.00 Uhr an. Ich torkle mehr, als dass ich laufe, als Lisa an meine Tür klopft und mir den Hörer reinreicht. «ein Herr Jakob» sagt sie und zuckt mit den Schultern. «Scheint besoffen zu sein.» Ich nehm den Hörer an mein Ohr. «Guten Morgen» sag ich und versuche dabei ausgeschlafen zu klingen. «Guten Morgen. Könnten Sie mich gegen zwei Uhr heute nachmittag hier am Heim abholen?»

«Ja. Was haben Sie vor?"

«Das sehen Sie dann!»

Er legt auf.

Ich bring das Telefon zurück in die Küche und stelle es in die Basisstation. Lisa sitzt am Tisch und schnippelt einen Apfel für ihr Müsli klein. «Wer war denn das?»

«Heinrich Jakob. Ein Bewohner aus dem Heim.»

«Und was wollte der von dir?»

«Spazieren gehen. Heut mittag.»

«Spazieren gehen? Hat der keine Familie oder sowas? Warum denn mit dir?»

Lisa ist eigentlich nicht gemein. Nur manchmal eben ein bisschen beschränkt in ihrer Sicht auf die Welt. Das macht aber nichts.

«Er mag mich scheinbar.» sag ich und verschweige, dass er mich außerdem auch dafür bezahlen wird. Aber das geht Lisa nichts an und ich will nicht, dass sie denkt, dass ich mich nur des Geldes wegen mit Herrn Jakob treffe.

«Musst du dich nicht um einen neuen Job bemühen?» Ich antworte nicht gleich und gieße mir stattdessen Kaffee ein. Ich habe gestern noch einen Brief an meine Sachbearbeiterin geschickt, in dem ich erklärt habe, künftig keine Unterstützung mehr zu benötigen. Ich will nie wieder in dieses Amt. Und wenn ich mit Herrn Jakobs Geld jetzt erstmal Zeit gewinnen kann, ist das umso besser.

«Ich hab schon was in Aussicht...» sag ich schließlich und schaue Lisa zu, die inzwischen eine Banane schnippelt. «Hat das was mit dem Besoffenen grad zu tun?»

«Der war nicht besoffen, der spricht nur undeutlich manchmal...» Als ich nichts weiter sage, gibt sie auf und fängt an, von sich erzählen. Sie redet von ihrem Seminar und einem jungen Dozenten, der zum Dahinschmelzen sei, aber wahrscheinlich schwul, jedenfalls bisher für ihre Flirtversuche unerreichbar. «Kannst du mir nicht `nen Tipp geben, wie ich den rumkriegen kann?»

Ich verschlucke mich fast am Kaffee. «Ich?»

Wie kommt sie denn nun da drauf? Ich hatte in meinem Leben nur genau einen Freund, Matteo. Und der hat mich abserviert. Ich versteh nichts von Männern und ich versteh nichts vom Flirten. Von Liebe, ja, da versteh ich viel, vor allem von vergeblicher Liebe... aber von flirten? Ich scheitere doch schon am normalen Smalltalk...

«Von sowas versteh ich nichts» sag ich und das ist kein bisschen gelogen. Zum Glück macht ihr das nichts aus. Sie plaudert einfach weiter, was sie alles gelesen hat zu dem Thema *Wie angle ich mir den richtigen Mann*. Sie hat tatsächlich Bücher darüber gelesen. Ich kann das nicht glauben, und deshalb verschwindet sie in ihrem Zimmer und kommt mit einem Stapel Beratungsliteratur zurück. Sie stellt den Stapel

Flirtratgeber zwischen uns auf den Tisch und erzählt mir, während sie dabei ihr gesundes Müsli kaut, was welcher Autor, warum, empfohlen hat und wie sich die Ratschläge teilweise widersprechen. «Der eine sagt, man solle sich interessant machen, indem man sich nicht meldet und möglichst gleichgültig tut, aber die Autorin von dem roten Buch da schreibt, dass man sich interessiert zeigen soll, damit das Gegenüber merkt, dass man auch interessiert sei. In dem grünen Buch steht, dass die Vibrations stimmen müssen und man sich ganz gelassen verhalten soll... aber vielleicht bin ich auch einfach zu dick...»

Mich überfordert diese Kommunikation. Ich schaue an dem Bücherstapel vorbei zu Lisa, wie sie nachdenklich kaut und lächle ihr zu. «Ich denk, das grüne Buch hat Recht. Warts einfach ab und halt die Augen offen. Irgendwann wird sich schon irgendwer in dich verlieben.» sag ich und das war nun schon ein bisschen gelogen. Denn ich bin mir nicht sicher, ob sich irgendwann jemand in Lisa verliebt. Das liegt aber nicht an Lisa, die ist schon irgendwie liebenswert. Es liegt eigentlich nur daran, dass ich nicht mehr so richtig an die Liebe glaube. Die ist nämlich mit Matteo im Wohnwagen unterwegs... und wenn einem etwas lange genug abhanden gekommen ist, dann ist man sich irgendwann nicht mehr sicher, ob es je existiert hat...

§ 13

Um 14.00 Uhr betrete ich das Heim. Frau Heckmann sieht mich sofort und stürmt auf mich zu. «Was wollen Sie denn noch hier?» fragt sie und baut sich vor mir auf. «Ich bin hier verabredet.»

«Und mit wem, wenn ich fragen darf?» keift sie los, doch bevor ich antworten kann, tönt direkt hinter ihr Heinrich Jakob: «Mit mir!» Er starrt die Heckmann unfreundlich an. «Schließlich wollten Sie doch, dass ich mir für meine Ausgänge eine Begleitung organisiere, nicht wahr Frau Heckmann?» Sie nickt verkniffen und verzieht sich. Herr Jakob grimmigt ihr nach. Er grimmigt wirklich. Das muss grimmigt heißen. Ich grimmige, du grimmigst, er/sie/es grimmigt, wir grimmigen, Ihr grimmigt, sie grimmigen. Grimmigen ist eine Erweiterung von grimmen. Es verbindet nämlich den Grimm mit Geräuschen und Blicken. Das Wort gibts natürlich eigentlich nicht. Aber es passt zu Herrn Jakob mit diesem Gesichtsausdruck und diesen undefinierbaren Geräuschen. Ich musste es also spontan erfinden. Wie Voltaire sagte: Verwendet nie ein neues Wort, sofern es nicht drei Eigenschaften besitzt: Es muss notwendig, es muss verständlich und es muss wohlklingend sein. Grimmigen ist sehr notwendig und es ist so lautmalerisch, dass es sich selbst erklärt. Außerdem kann man sich gegen Wörter, die sich einem so plötzlich aufdrängen, ohnehin nicht wehren. Von daher kann Voltaire seinen Spruch auch wieder einpacken. Zumal es ohnehin nie genug Wörter geben kann. Für ganz viele Gefühle gibt es zum Beispiel gar kein richtig passendes Wort. Als ich zum Beispiel meine Tasche gepackt habe und aus Matteos Wagen ausgezogen bin, da war mir irgendwie elendig zumute. Aber elendig trifft es nicht richtig... traurig und verzweifelt auch nicht. Ausgeraubt würde passen. Ich hab mich nämlich ausgeraubt gefühlt. Aber das Wort hat eine andere Bedeutung, deshalb kann man das so nicht sagen. Leergeliebt hab ich mich auch gefühlt. Aber das würde ja auch keiner richtig verstehen, weil bei dem Wort leergeliebt die Richtung so unklar ist. Da ist grimmigen schon besser. Das versteht jeder. Auf Anhieb. Da bin ich mir ganz sicher.

Also. Heinrich Jakob grimmigt ihr nach und schiebt mich nach draußen. Und während ich noch überlege, ob es einen Ort gibt, an dem neue Wörter leben, bevor sie irgendwann bei irgendwem einfallen, hakt sich Herr Jakob unter und gibt die Richtung vor, in die wir los laufen.

Heute scheint endlich mal die Sonne. Der Schnee glitzert in ihrem Licht und am Himmel hängen wenige bauschige Wolken. Der Gehweg ist geräumt, so dass wir problemlos vorwärts kommen.

«Wohin gehen wir?» will ich wissen.

«Haben Sie einen Schlitten?»

«Einen Schlitten? Nein...»

«Dann gehen wir zunächst ins Bauhaus und kaufen dort einen. Dann nehmen wir den Bus zum Boxberg hoch. Dort soll man gut Schlittenfahren können.Am Waldkrankenhaus. Das hat Frau Zimmermann gesagt, von der ich Sie lieb grüßen soll. Sie war auch ganz empört, dass man Sie entlassen hat.»

«Sie wollen Schlitten fahren gehen?»

«Rede ich chinesisch oder sind Sie schwer von Begriff?» raunzt er mich wieder an.

«Chinesisch» sag ich, nur um ihn zu ärgern, und tatsächlich beginnt er zu lachen.

«Es mag Ihnen, wertes Fräulein, vielleicht ein wenig abseitig vorkommen, aber wo ich nunmal hier bin, so quasi abgeschoben aufs Altengleis, möcht ich nochmal alles machen, was mir in meinem Leben Spaß gemacht hat. Und dazu gehört das Schlittenfahren. In München, wo ich aufgewachsen bin, sind wir immer zum Rodeln auf den Olympiaberg gegangen. Da war eine Menge los...» erzählt er und schreitet dabei so rasch vorwärts, wie ich ihn noch nie erlebt habe. Wir laufen zum Bauhaus und kaufen dort einen stabilen Holzschlitten. Dann fahren wir zum Boxberg hinauf. Während der Fahrt beschreibt er mir in allen Facetten, wie er wann, wo, welche abenteuerlichen Fahrten mit seinem Schlitten gemacht hatte:

«Als ich noch sehr klein war, ging meine Mutter mit mir in den Luitpoldpark, da gab es einen kleinen Hügel, auf dem man auch schon als kleiner Bub allein fahren konnte, verstehen Sie? Und da hab ich dann meine Liebe zum Schlittenfahren entdeckt. Das waren meine ersten Rodeltouren! Ich glaub ja immer noch, dass an mir ein großer Weltklasserodler verloren gegangen ist!» Er erzählt weiter von seinen tollkühnen Rodelfahrten, während ich aufpasse, dass wir an der richtigen Haltestelle aussteigen. Boxberg Waldkrankenhaus. Und tatsächlich, direkt neben der Haltestelle ist ein dick eingeschneiter Waldweg, auf dem man zwar mit mäßigem Gefälle, aber doch ausreichend schnell, bergab fahren kann. Einige Kinder brettern sogar von weiter oben durch den Wald, wo es deutlich steiler ist, an der Haltestelle vorbei weiter nach unten über den Waldweg. «So Mila, jetzt,... fahren wir also!»

Wir? Bisher dachte ich, er wollte fahren...

«Sie setzen sich nach vorne, Mila.» befiehlt er. Ich bringe den Schlitten in Position und setze mich soweit nach vorne wie es geht. Er lässt sich mühsam direkt hinter mir nieder. Sein Mantel hängt im Schnee und erst jetzt fällt mir auf, dass seine schicken schwarzen Schuhe auch nicht unbedingt das optimale Brems- und Lenkwerk sein werden, aber ich halte mich mit Kommentaren zurück. Er wirft seinen Gehstock ein Stück weiter weg in den Schnee, umklammert mich mit seinen Armen und schiebt den Schlitten mit den Beinen an. Schließlich fährt der Schlitten los. Erstaunlich geschickt lenkt Herr Jakob den Schlitten und sorgt dafür, dass wir nicht von der Bahn abkommen. Nur eine Wurzel, die wir übersehen, wird uns zum Verhängnis: der Schlitten kippt nach links und wir liegen beide im Schnee. Aber Herr Jakob lacht. Lacht aus voller Kehle, gluckst schon fast und hat Tränen in den Augen. Ich steh auf, heb den Schlitten hoch und stell ihn neben Herrn Jakob in den Schnee. Dann helf ich ihm aufstehen, was ihn noch mehr zum lachen bringt, weil er sich kaum bewegen kann und er voller Schnee ist. Schließlich steht er. Ich klopf ihm den Schnee vom Mantel. Er lacht immer noch. «Das machen wir nochmal, ja?» grinst er mich an. Ich sage ihm, er soll sich auf den Schlitten setzen, damit ich ihm seinen

Stock von oben holen kann. Denn natürlich müssen wir irgendwie wieder hochkommen- und hier ist nichts geräumt . Ich helfe ihm also auf den Schlitten und stapfe nach oben zur Bushaltestelle. Es ist ganz schön weit... Bein Runterfahren hab ich nicht gemerkt, wie lang die Strecke ist... ich frage mich, ob ich Herrn Jakob überhaupt hier hochbekomme. Zum Glück liegt der Stock noch da. Ich greif ihn und schlittere wieder nach unten. Mittlerweile sind noch mehr Kinder da, die Schlitten fahren. Heinrich Jakob sitzt vergnügt auf dem Schlitten, als ich ankomme. «Wollen wir uns an den Aufstieg wagen?» frage ich und komm mir mit diesem Satz ein bisschen fremd vor. Ich biete Herrn Jakob meinen Arm an, und er hakt sich ein. Mit der anderen Hand umfasst er seinen Stock und langsam, Schritt für Schritt, steigen wir den Hügel wieder hoch. Rechts halte ich Herrn Jakob, links die Schnur vom Schlitten. Wir kommen nur sehr langsam voran. Immer wieder rutscht Herr Jakob mit seinen Schuhen ab. «Das nächste Mal besorg ich mir andere Schuhe» sagt er zwischendurch atemlos, «mit Riffelsohlen!» und dann kämpft er tapfer weiter. Als wir oben ankommen, dämmert es jedoch schon. Wenn wir jetzt nochmal fahren ist es tiefste Nacht bis wir wieder oben sind. Aber er ist ohnehin viel zu erschöpft um nochmal zu fahren. Er greift nach seinem Spray und nimmt einen Hub und zielt die Haltestelle an. Wir steigen in den nächsten Bus und fahren zurück in die Stadt. Ich begleite ihn zum Heim, wo er mir einen Umschlag mit 40 Euro zusteckt, nochmal kurz winkt und dann müde hineingeht. Und dann steh ich da, vor dem Heim. Mit dem Schlitten. Und dem Geld. Und dem Gefühl, einen schönen Tag gehabt zu haben.

§ 14

Faris sitzt mit Manuel am Tisch, als ich mit dem Schlitten heimstolpere. Lisa steht am Herd und kocht. «Hallo Mila, willst du mitessen?» Ich nicke, verstaue den Schlitten in meinem Zimmer, zieh meine nassen Schuhe und Socken aus und geh zu den anderen in die Küche. Faris hat ein Lehrbuch über Physik aufge-schlagen und studiert eine Grafik. Faris kann sich unglaublich gut konzentrieren. Es sieht immer aus, als sei er eine Statue. Völlig unbeweglich und scheinbar verwachsen mit dem Buch. Da kann drumrum die Welt untergehen. Faris liest. Wenn er sich in eines seiner Bücher versenkt, kriegt er nichts mehr mit. «Hast du Rita mal gesehn die Tage?» fragt Manuel, als ich mich neben ihn auf die Bank setze. Ich denk kurz nach. Nein, die Ratte hatte ich ewig nicht mehr gesehn. Ich schüttel den Kopf. «Die ist irgendwie verschwunden,... ich glaub ich hab sie in der Schwimmhalle vergessen.» Und dann erzählt er, dass er mit ihr schwimmen war in der Städtischen Schwimmhalle, dass aber die Leute total ausgeflippt sind, als sie ihn mit der Ratte haben schwimmen sehen, und dass der Bademeister ihn samt Rita rausgeworfen habe. «In der Umkleide war sie noch bei mir, aber dann... naja.» Manuel spielt mit seinen Fingern. Vielleicht fehlt ihm seine Ratte ja tatsächlich... man weiß bei ihm nie.

Lisa verteilt vier Teller auf dem Tisch.

«Es gibt Protein-Pancakes mit Gemüsefüllung!» verkündet sie strahlend. «Ich bezweifle, dass man das essen kann. Gibts zum Nachtisch wenigstens

Cannabiskuchen?» fragt Manuel und kassiert eine Kopfnuss von Lisa. Sie schüttelt ärgerlich den Kopf und verteilt zunächst die Pfannkuchen auf den Tellern und füllt sie danach mit einer Art Ratatouille. Ich nehm Faris das Buch aus Hand und sage erst: «Faris, essen!» und dann: «Danke, Lisa, fürs Kochen.» Wir essen schweigend. Zugegebenermaßen schmeckt es garnicht so schlimm. Und ich bin ehrlich gesagt froh, dass mich hier ein warmes Essen erwartet hat und dass alle da sind. Das ist beinah wie Familie. Alle mampfen vor sich hin.

Faris ist als erster fertig und kündigt an: «Ich habe neue Witze gelernt! Darf ich die erzählen?» Klar darf er. Er hat alle paar Tage neue Witze parat, die er in seinen Seminaren oder der Mensa gehört hat. Faris ist unheimlich süß mit seinen Witzen. Besonders, weil er meist schon lacht, bevor er sie zu Ende erzählt hat. Manchmal kann er sie nicht mehr zu Ende erzählen, weil er so lachen muss, dass er sich nicht mehr einkriegt. Wir sind gespannt.

«Wie kämpft ein Mathematiker mit der Angst? Wenn er zum ersten Mal im Flugzeug sitzt und hat groß eine Angst davor, dass eine Bombe an Bord sein könnte? --- Er nimmt selbst eine Bombe mit, wegen die Wahrscheinlichkeit, dass zwei Bomben im Flugzeug sind, ist sehr unwahrscheinlich - das macht ihn ruhig.» Wir grinsen, Faris gluckst vor sich hin.

«Ich hab noch einen Witz!» sagt er begeistert. «Warum scheitern die Ehen von Mathematikern immer?» Er blinzelt fröhlich in die Runde: «weil die Frauen sind unberechenbar!» und wieder gluckst Faris los. Wir lachen mit, weil Faris lacht und weil man bei Faris` Lachen immer mitlachen muss. Sein Lachen klingt nämlich nicht wie normales Lachen, es ist mehr so wie ein Wasserfall, der Purzelbäume schlägt. Faris` Lachen nimmt dich mit und wirbelt dich solange, bis du auch lachst, obwohl seine Mathematikerwitze wirklich fast immer nur für Mathematiker witzig sind. Wenn überhaupt. Manche verstehen wir gar nicht. Das hält ihn aber nicht ab, sie zu erzählen. Wir giggeln noch den halben Abend, spülen gemeinsam das Geschirr, dann zieht Manuel los, einen drauf machen, Lisa geht schlafen, Faris nimmt wieder sein Buch und ich verzieh mich in mein Zimmer, zieh mich aus und krabbel in mein Bett. Mich friert. Ich steh wieder auf, husche zum Fenster und dreh die Heizung auf. Dann flüchte ich mich zurück ins Bett. Ich zittere und starre zum Fenster, wo das Knacken der Heizung andeutet, dass sie ihren Dienst aufnimmt. Unter dem Schlitten hat sich eine kleine Pfütze gebildet. Ich schaue aus dem Fenster. Es schneit schon wieder. Die Eisprinzessin am Fenster beginnt durch die warme Heizungsluft zu tanzen. Sie dreht sich ein bisschen nach links, dann wieder ein bisschen nach rechts. Sie wird von der Wärme bespielt. Sie sieht furchtbar einsam aus, wie sie da so hängt und alleine vor sich hintanzt. Vielleicht vermisst sie ihren König so, wie ich Matteo...

Warum hört das eigentlich nie auf, dieser Schmerz? Warum taucht er auf, sobald man alleine ist und macht sich dick und tiefschwarz in einem breit? Es klopft zaghaft an meiner Tür. Bevor ich Herein sagen kann, steht Faris im Zimmer. Er schließt die Tür. Wortlos zieht er sich aus und legt sich zu mir. Er dringt sanft in mich ein. So, wie man traurigen Frauen begegnen muss, wenn man sich danach in ihnen austoben will. Und Faris tobt sich aus.

§ 15

«Was haben Sie denn so gespielt als Kind?» fragt mich Herr Jakob, als ich ihn zwei Tage später wieder abhole. Die Frage überfordert mich sofort. Ich weiß gar nicht, ob ich gespielt habe. Also natürlich hatte ich eine Puppe, Sula hieß die, mit der hab ich viel gespielt. Ich war ihre Puppenmama und hab sie bekocht und gefüttert, an und ausgezogen und sie abends mit ins Bett genommen. Aber sonst so..? Draußen..? Mit anderen Kindern...? Ich kann mich nicht erinnern... Plötzlich fällt mir doch was ein.

Später... als ich größer war...

«Wir haben Plätten gespielt. Wobei so ein richtiges Spiel war das nicht, aber das haben wir gemacht!» rufe ich so laut, das Herr Jakob mich ganz irritiert anschaut.

«Was ist Plätten?»

«Na an der Bahn. An den Gleisen. Heimlich Sachen drauflegen, sich im Gebüsch verstecken und warten, bis der Zug durchgerauscht ist und dann das Ergebnis von den Gleisen nehmen. Münzen zum Beispiel oder

Bierverschlüsse, Schmuck oder alte Schlüssel und sowas. Die sind dann immer ganz plattgefahren..»

Er guckt einen Moment ratlos, aber dann lächelt er: «Gut, gehen wir heute plätten!» Plätten funktioniert eigentlich in jeder Stadt. Man muss nur vom Bahnhof aus lang genug die Gleise verfolgen, irgendwann kommt man dann an eine günstige Stelle, wo man gut plätten kann. Wir finden bald eine gemütliche Bank unter einer Brücke. Ich muss zwar durch ein Geländer klettern, um die Münzen, die mir Herr Jakob in die Hand gedrückt hat, auf die Gleise runter zu bringen, aber das Geländer besteht nur aus zwei weit auseinander stehenden Eisenstangen, so dass das kein Problem ist. Durch die niedrigen Hecken, die dank des breiten Brückendachs fast schneefrei sind, rutscht man dann fast von alleine nach unten und der Rest ist ein Kinderspiel. Um genau zu sein, ist es das Kinderspiel, an das ich mich am ehesten erinnere. Ich lege also die Münzen auf die Gleise und klettere dann schnell wieder durch die Hecken und den Zaun nach oben zu Herrn Jakob, der auf der Bank sitzt und wartet.

Es zieht wie verrückt unter dieser Brücke. Und auch wenn es hier schneefrei ist, weht der Wind so stark und zugig, dass es sich hier noch kälter anfühlt als draußen. Ich setz mich dicht neben den alten Mann und warte. Nach kurzer Zeit braust ein ICE vorbei. Bestimmt alles platt gewalzt. Ich bücke mich durch den Zaun, strauchel durch die Hecken nach unten und nehm eilig die Münzplatten von der Schiene.

Sie sind platt. Sowas von platt.

«Zeig mal her!» sagt Herr Jakob, vergisst dabei, dass er mich eigentlich siezt und nimmt mir ungeduldig die plattgewalzten Münzen aus der Hand. Er streicht über ehemalige Prägungen und nickt bewundernd. «Nicht schlecht! Sowas hab ich noch nie gespielt!» sagt er anerkennend. «Wollen wir nochmal oder suchen wir uns ein wärmeres Plätzchen?» fragt er. «Na ein wärmeres Plätzchen, oder?» schlag ich vor, denn er sieht sehr erfroren aus und außerdem fürchte ich, wir könnten Ärger bekommen, wenn wir noch länger hier bleiben. Früher haben wir dieses Spiel immer nur nachts gespielt, wenn man nicht gesehen wurde und deshalb endlos nacheinander Dinge plätten lassen konnte. Ich war damals elf oder zwölf und wir lebten im Bahnhofsviertel. Mein Vater war zu der Zeit fast chronisch besoffen und deshalb war ich wenig zuhause. Ich wollte mir das nicht ansehen. Wie er so vor die Hunde geht. Ich war also draußen mit all den anderen Jungs und Mädchen aus dem Viertel, die alle auch mindestens einen Grund hatten, warum sie lieber an den Bahngleisen im Gebüsch rumlungerten als zuhause zu sein. Wir verbrachten den halben Sommer dort an den Gleisen. Im Winter waren wir weniger dort. Es war einfach zu kalt. Im Winter trafen wir uns meist in dem alten Bahnwärterhäuschen. Das war verfallen und die Tür war zugemauert worden. Aber es gehen ja eh nur Spießer durch die Tür. Abenteurer, wie wir, krochen durchs Fenster. Das wurde dann zwar irgendwann mal vernagelt, aber Bretter halten ja nicht ewig... besonders wenig ewig halten sie, wenn viele klamme Hände von 13-jährigen Heimatlosen dran rumreißen. Dann halten sie nämlich nur kurz. Maximal eine halbe Stunde. Und das ist wenig ewig. Und wir eroberten es uns stets zurück. In dem Häuschen war es zwar auch kalt, aber wenigstens trocken und man hatte vergessen, den Strom abzustellen, so dass wir die einzige Steckdose nutzten, um abwechselnd einen stinkenden und laut rotierenden Heizlüfter, den irgendeiner von zuhause mit angeschleppt hatte, und den CD-Player von Fabian anzuschließen. Nach und nach hatten wir uns da häuslich eingerichtet. Wir hatten Decken und alte Kissen mitgebracht und wer grade Geld hatte, kaufte ein bisschen was zum trinken oder rauchen für die Clique. Aber dann, grade als es richtig gemütlich wurde, weil jemand auf die glorreiche Idee kam einen Mehrstecker zu besorgen und wir dann also Heizlüfter und Musik gleichzeitig haben konnten, flog unser Treffpunkt auf und die Stadt hat dann auch die Fenster von außen zugemauert. Eine Zeitlang haben die Jungs versucht das Mauerwerk wieder einzureißen, aber sie waren nicht wirklich erfolgreich. Zumal die Polizei dann regelmäßig Streife fuhr und die Jungs immer wieder vertrieb. Ich weiß garnicht mehr, wie ich den letzten Winter verbracht habe, bevor Matteo aufgetaucht ist. Vermutlich war ich dann eben doch viel zuhause... ich weiß es wirklich nicht mehr. Es ist wie ein großes schwarzes Loch...

«Dann lade ich Sie jetzt zu einem Kaffee ein, Mila!» bestimmt Herr Jakob und unterbricht damit mein Grübeln. Er hakt sich bei mir ein und wir verschwinden im nächstbesten Café, dass wir an der Straße finden. Ich war noch nie in so einem Café. Lauter weiße, reichlich verzierte Holzstühle mit üppigen rosa Sitzpolstern. An den Wänden Bilder, deren Rahmen teilweise schmucker sind als die fade Landschaft darin und das Ganze auf einer Tapete, die mit ihrem goldenen Brokatdruck mehr wie ein Teppich wirkt. An einer kleinen Theke sind hinter Glas Torten zu sehen, die, wenn sie Namen haben sollten, die ihrer Größe entsprächen, mindestens aus dreiundzwanzig Buchstaben bestehen müssten. Wir hängen unsere Jacken an die Garderobe und setzen uns an einen freien Tisch in der Mitte des Lokals. Um uns rum sind fast alle Tische besetzt. Fast nur mit älteren Damen, die hier offensichtlich regelmäßig ihr Kaffeekränzchen abhalten. Kaffeekränzchen ist auch so ein Wort, dass es eigentlich nicht mehr gibt. Aber hier, in diesem Ensemble, drängt sich einem das Wort förmlich auf. Außerdem ist die Dauerwellendichte hier drin extrem hoch. Und Dauerwellen und Kaffeekränzchen gehören zusammen wie Hänsel und Gretel.

«Guten Tag die Herrschaften, was darf ich Ihnen bringen?» fragt ein Kellner, der noch richtig wie ein Kellner aussieht. «Ein Kännchen Kaffee und ein Stück Sachertorte für mich» sagt Herr Jakob und sieht mich auffordernd an. «Für mich nur einen Kaffee bitte!» Der Pinguin nickt und verschwindet. Herr Jakob zieht die plattgefahrenen Münzen aus seiner Hosentasche und legt sie auf den Tisch.

«Wie kommt man auf sowas?» fragt er, aber ich bin nicht sicher, ob er die Frage an mich gerichtet hat oder ob er es grade mit sich selbst klärt, und deshalb spar ich mir die Antwort, die ich eh nicht gehabt hätte. Wie soll ich wissen, wie man auf sowas kommt. Wir haben halt im Bahnhofsviertel gewohnt... da ist das so normal wie Staudämme bauen, wenn man an einem Bach wohnt oder wie Klavierunterricht, wenn man aus gutem Hause ist. Manche Dinge sind eben normal. So normal, dass man nicht weiter drüber nachdenkt. Er dreht die plattgefahrenen Münzen weiter in seinen Händen.

«Wir haben mit Murmeln gespielt. Wissen Sie überhaupt, was das ist?» fragt er mich. «Natürlich» ein bisschen empört mich die Frage schon. Was denkt er denn, von welchem Planeten ich komme..? «Wir hatten eine große Murmel und die mussten wir abwerfen und wer sie abgeworfen hat, durfte alle anderen Murmeln behalten. Ich war so treffsicher, dass irgendwann keiner mehr mit mir spielen wollte. Aber später hat es mir oft geholfen. Präzises Zielen, abfeuern und treffen. Wer das kann, gewinnt jedes Spiel, wie im Leben!» Er macht eine kleine Pause und fährt dann fort: «Später, als ich als Anwalt gearbeitet habe, bin ich genauso vorgegangen wie beim Murmeln. Abstand abschätzen. Schwachstelle fixieren. Präzise das Ziel eingrenzen und punktgenau losschießen. Ich hab nur sehr sehr selten einen Prozess verloren. Eigentlich immer nur dann, wenn meine Mandanten mir nicht die volle Wahrheit gesagt haben oder die Gegenseite ein Geheimnis hatte, was besser Geheimnis geblieben wäre. Unehrlichkeit oder Unaufrichtigkeit ist für einen Prozess gefährlicher als die eigentliche Straftat. Denn es ist ein Spiel mit den Paragraphen, was wir betreiben. Es geht nicht um Gerechtigkeit oder Recht. Es geht um Recht bekommen und das kriegt man nur mit der richtigen Murmeltechnik. Eine Straftat können Sie unter Umständen mit einem gezielten Schlag wegmurmeln, aber wenn plötzlich eine Kugel rollt, von der sich nichts wussten... das kann Sie den Sieg kosten. Murmeln ist wie eine Gerichtsverhandlung. Der Geschicktere gewinnt. Verstehen Sie?» Ich denke noch darüber nach, ob ich finde, dass man Murmeltechnik einfach so übertragen kann, und ob es wirklich am geschickten Murmeln lag, dass Heinrich Jakob seine Prozesse stets gewann, oder ob es nicht vielmehr daran lag, dass er eben von klein auf gewohnt war, zu den Gewinnern zu gehören, als der Kellner den Kaffee und den Kuchen serviert. Aber Herr Jakob wartet eh nicht auf eine Antwort. Er erzählt weiter: «Und wer gut spielt, also so richtig gut, brillant eben, der hat zwar womöglich irgendwann keine Freunde mehr, aber er hat Bewunderer.» Er nimmt eine Gabel Sachertorte und führt sie zum Mund und kaut. Ich gieße drei dicke Löffel Zucker auf und verrühre sie in meinem Kaffee. Dann kippe ich noch drei Döschen Kondensmilch hinterher. Ich nehm einen Schluck. Schmeckt hochgradig scheußlich. Irgendwie nach Spülmittel. Aber ich schlucke tapfer.

«Der Kuchen ist erstaunlich gut für so einen Piefkesladen!» sagt Herr Jakob, kaut dabei und erklärt weiter: «Mein Vater war aus Österreich und hat sich hier regelmäßig Feinde gemacht, wenn er mal wieder hemmungslos auf die Piefkes geschimpft hat» «Piefke hab ich schon lang nicht mehr gehört» denk ich und sag es auch. Herr Jakob nickt. „Ja, die Leute sagen das heute nicht mehr, sie kennen es nicht mehr, dabei gibt es solche Begriffe für die Deutschen in fast jeder Sprache. Verstehen Sie? Es ist sowas wie Szwaby,- das dürften Sie kennen! Oder Moffen, falls Ihnen der Begriff geläufig ist. Jedenfalls haben wir Deutschen ein Talent dafür, uns unangenehme Bezeichnungen bei anderen Völkern zu erwerben.» Er zwinkert vergnügt, schiebt sich eine weitere Gabel Sachertorte in den Mund, kaut und fährt fort:

«Egal, kommen wir zurück zu den Murmeln! Man nimmt aus den Spielen der Kindheit etwas mit fürs künftige Leben. Deshalb alleine spielt man! Verstehen

Sie?» Das scheint eine wirklich ausgeprägte Marotte von ihm zu sein. Immer Verstehen Sie zu fragen. Früher war mir das nicht so sehr aufgefallen, aber jetzt, hier, wo er so am Stück redet, ist das auffällig. So auffällig, dass ich beinah vergesse, wovon er eigentlich spricht. Er schaufelt den Kuchen nun schneller in sich hinein, nimmt zwischendurch einen Schluck von seinem Kaffee, den er weder gesüßt noch geweißt hat, und scheint darauf zu warten, dass ich etwas sage. «Zum Plätten gibts keine entsprechende Murmel-Philosophie, Herr Jakob. Das war nur ein Spiel, um die Zeit totzuschlagen. Und die einzige Lehre, die man daraus ziehen könnte, wäre: Wer sich vor einen Zug legt, wird platt gemacht....» Er schüttelt den Kopf. «Das ist schon sehr viel Philosophie. Aber es ist nur soviel, dass es zum Überleben reicht. Man lernt dadurch zu überleben, aber nicht zu leben. Und man muss leben lernen und zwar möglichst früh, weil dieses verdammte Leben viel schneller rum ist, als man denkt. Und das können Sie mir nun glauben, denn davon versteh ich mehr als Sie, Sie Küken!» Er schiebt sich die letzte Gabel Sachertorte in den Mund, steckt die platte Münze in seine Tasche und winkt den Kellner herbei.

«Darf ich Ihnen noch etwas bringen?»

«Die Rechnung bitte!»

Der Kellner greift in seine Tasche und schreibt die Posten untereinander auf einen Block, reißt den Zettel ab und legt ihn vor Herrn Jakob hin. Der zahlt mit großzügigem Trinkgeld und wir gehen. Draußen schneit es schon wieder. Herr Jakob greift nach seinem Spray, nimmt einen Hub und wankt dann mit mir zur Straßenbahn. «Bringen Se mich bitte noch zurück bis ganz ins Heim heute!» sagt er und wirkt plötzlich unglaublich müde und erschöpft.

§ 16

Als ich endlich zuhause bin, bin ich in einer ganz komischen Stimmung. Müde und nervös zugleich. Ich hole mir ein Glas und gieße mir vom grünen Absinth ein. Manuel lagert den im Kühlschrank. Er sagt, alles was grün ist, muss in den Kühlschrank. Das stimmt aber nicht, stell ich fest, als ich den ersten Schluck nehme. Scheußlich schmeckt das und viel zu kalt... Einmal hatte mir mein Vater im Suff erzählt, dass er glaubt, gar nicht mein Vater zu sein... Er hatte mir liebevoll übern Kopf gestreichelt und gesagt: Mila, ich glaub deine Mutter hat mich betrogen... die hat doch jedem schöne Augen gemacht, und alle waren heiß auf sie. Du bist sicher von irgend einem anderen Kerl. Aber ich lieb dich trotzdem wie mein eigenes Kind. Das hatte er gesagt, ganz pathetisch und wichtig und mich überkam ein tiefes demütiges Gefühl. Ein Gefühl von Dankbarkeit. Wie großherzig er ist, dachte ich mir... dass er wahrscheinlich betrogen wurde und mich dennoch bei sich behält. Ich will mich nie mehr beschweren, weil er säuft. Nie mehr. Später manchmal, da hab ich gehofft, ich könnte wirklich irgendwo da draußen einen anderen Vater haben. Einen Mann ohne Schnaps. Ohne Wodka. Ohne Kotze im Flur.

Einen mit einem schönen grauen Hut, einem Trenchcoat und drunter einem Anzug. Einem Vater, der was hermacht. Oder wenigstens einen, der spielen kann. So wie der Vater von Marco, meinem Freund in der zweiten Klasse. Herr Caprisi hatte zwar keine schicken Anzüge, aber immer ein Lächeln im Gesicht. Wirklich immer. Und kugelrund war der. Wirklich nicht hübsch, weil er auch noch eine Glatze hatte, aber immer hat er gelacht. Den hätt ich auch gerne zum Papa gehabt. Und dann dachte ich mir, wenn dem meine Mutter schöne Augen gemacht hätte, dann hätte ich eine neue Familie und Marco wäre mein Bruder. Das hatte ich mir sehr gewünscht. Sehr. Sehr sehr sehr. Und deshalb hab ich dann ein Photo von meiner Mama mit zu Marco genommen und es seinem Papa unter die Nase gehalten. «Erinnern Sie sich?» hatte ich ihn gefragt und mein Herz hat bis zum Hals geklopft. Er hatte das Photo angeschaut, kurz überlegt und dann den Kopf geschüttelt. «Eine schöööööne Frau! Aber wer ist sie?" hatte er gefragt. Und als ich gesagt hab «meine Mutter» ist ihm das Lachen kurz abhanden gekommen. Aber er hatte es schnell wiedergefunden. «Habe ich nicht mehr kennen gelernt» hatte er gesagt. «Aber sie war bestimmt eine nette Frau, weil sie so eine nette Tochter hat!» hatte er mir gesagt und wieder übers Gesicht gestrahlt. Und dann war ich noch trauriger, weil ich mir ja dann noch nicht mal mehr in meiner Phantasie ausdenken konnte, dass Marcos Familie auch meine sein könnte... aber im Grunde hab ich eh gewusst, dass mein Vater Mist erzählt hat. Ich seh ihm nämlich ziemlich ähnlich. Ich hab seine struppigen Haare und seine Nase. Das ist ziemlich eindeutig... eigentlich kein Zweifel möglich. Und außerdem glaub ich nicht, dass meine Mutter untreu war. Auf allen Photos sieht man ein liebendes Paar. Immer einander zugewandt. Immer mit Liebe in den Augen. Aber meine Mutter war schön. Und sie war gerne unter Menschen. Da kann man schon auf Gedanken kommen. Zumindest wenn man ein versoffenes Blödhirn hat wie mein Vater. Er hatte sich eben nicht nur seinen Verstand, sondern auch seinen letzten Anstand weggesoffen. Aus Kummer. Aber der Grund ist egal, wenn man ein Kind ist und solche Geschichten hört. Irgendwann hab ich ihn dafür gehasst. Gehasst dafür, dass er wollte, dass ich ihm dankbar bin, weil er mich nicht weggibt. Er wußte genau, ich war sein Kind. Seins und nicht das von irgend einem anderen. Seins und leider nicht das von Herrn Caprisi mit dem Lachen im Gesicht...

Mittlerweile wirkt der Absinth. Alles ist warm und weich. Ich schaue den Schneeflocken draußen zu. Sie sind dick und tanzen ganz langsam vom Himmel. Die Eisprinzessin am Fenster schaut auch raus. Die Heizung ist warm und der Absinth ist warm. Wahrscheinlich sind sogar die Schneeflocken warm, die draußen vom Himmel tanzen.

§ 17

Es klingelt. Lisa will gerade aufstehen und zur Tür gehen, als diese mit einem lauten Knall aufgehauen wird. Sechs Polizisten stürmen die Bude. Und ein großer Hund. Der Hund bellt so laut, dass es im Treppenhaus hallt. Es ist sechs Uhr morgens. Erst halten wir es für einen Albtraum, aber der schlechte Film ist total real. Wir werden aufgefordert die Arme hochzunehmen und eine Beamtin kommt von draußen rein und durchsucht uns oberflächlich. Dann werden wir aufgefordert, uns in den Flur zu stellen. Ein Mann stellt sich als Staatsanwalt vor. Er ist bestimmt zwei Meter groß und breit und irgendwie furchterregend... So einer sollte besser kleine Menschen vertreten, als den Staat, denn der Staat ist ohnehin so groß, der braucht keine sooo riesigen Anwälte... Der andere Mann ist nicht so groß, aber der ist auch nur ein Vertreter der Stadt. Ich wußte bis eben nicht, das die Stadt auch Vertreter hat. Und ich hätte mir nicht vorstellen können, das so ein Stadtvertreter frühmorgens in fremde Wohnungen stürmt. Aber man lernt ja nie aus...

Normalerweise würde ich noch schlafen um diese Uhrzeit, aber heute bin ich extra mit Lisa aufgestanden, weil sie mir vor ihrem Seminar um acht, nochmal komplett ihr Referat vortragen wollte... Faris wird schlaftrunken aus seinem Zimmer geführt. «Ist das Ihr Zimmer?» wird er gefragt. Er nickt. Wir werden aufgefordert unsere Papiere vorzuzeigen. Lisa holt ihren Reisepass, ich meinen Personalausweis und Faris seinen Passersatz und seinen Antrag auf vorläufigen Reiseausweis, den er gestern grade ausgefüllt hat. «Ich bin anerkannter Asylberechtigter im Sinne des Artikel 16a Grundgesetz.» sagt Faris als er seine Papiere überreicht. Den Satz, den er, wie alle schwierigen Sätze, auswendig gelernt hat. «Wo ist Ihr Mitbewohner Manuel Weber?» fragt mich ein Beamter. «Keine Ahnung». Auch Lisa und Faris wissen nicht, wo er ist.

Wir müssen angeben, wer in welchem Zimmer wohnt und seit wann. Wir müssen angeben, womit wir unser Geld verdienen. Und wir müssen angeben, ob wir Betäubungsmittel konsumieren. Zumindest sagen sie uns, dass wir das angeben müssen. Wir geben alle bereitwillig Auskunft. Wir sagen, wer wir sind, was wir machen, dass wir nie Betäubungsmittel konsumieren und in welchem Zimmer wir leben. Währenddessen durchsuchen die Beamten mit ihrem Hund jeden Winkel der Wohnung. Ein Beamter protokolliert alles und spricht in sein Diktiergerät: «Wohnung Fasanenstraße 18, Hauptmieter der Beschuldigte Manuel Weber, bei der Durchsuchung abwesend. Wegen offensichtlicher Mitnutzung werden sämtliche Räume überprüft.» Der Hund bellt. Und wenn Polizeihunde bellen, bedeutet das nix Gutes. Kurz darauf kommen die Beamten mit dem Hund aus Faris Zimmer. Einer hat eine Plastiktüte in der Hand und wendet sich an den Typen mit dem Protokollblock: «Fundstück eins im zweiten Zimmer links in einem ungenutzten und mit einer Abdeckhaube verkleideten Ofenrohröffnung an der Wand, nach Angaben der anwesenden Bewohner das Zimmer von (- er wirft einen Blick auf die Papiere des Staatsanwalts-) Faris Gashvaad, ist eine Plastiktüte mit Amphetaminen in der szeneüblichen Verpackung, sowie drei 10 x 10 cm große Platten LSD und eine noch unbestimmte Packung mit weißem Pulver, vermutlich Kokain und einer Feinwaage, verpackt in einer Plastiktüte der Firma Rewe... Hast du das?» Der Protokollfuzzi nickt. «Weiter!» befiehlt der andere und sie gehen in mein Zimmer. Faris fängt an zu zittern. Er wird so bleich, wie ich ihn noch nie gesehen habe. Er setzt dreimal an, bevor die Worte aus seinem Mund kommen. «Ich habe das noch nie gesehen, ehrlich!» beteuert er und sucht die Augen der Männer. Aber keiner schaut ihn an. Der Staatsanwalt sagt nur «Sie wissen schon, dass Sie bei gravierenden Verstößen gegen unsere Gesetze Ihre Asylberechtigung wieder verlieren können, Herr Gashvaad?»

Faris Augen gehen ins Leere.

Plötzlich rennt er los.

Er reißt die Wohnungstür auf und stürmt die Treppen runter. Zwei Bullen setzen ihm sofort nach. Man hört einen gellenden Schrei von Faris, dann Geschrei und Gebrüll und das Klicken von Handschellen. Wie im Film. Die Dinger hören sich in echt genauso an. Ich schaue zur Tür, aber die drei kommen nicht zurück. Stattdessen hört man sie nach unten gehen. Schweigend. Es ist überhaupt plötzlich ohrenbetäubend still. Das ist keine schöne Ruhe. Das ist auch kein betretenes Schweigen, das ist viel mehr entsetzte Stille.

Es ist entsetzlich still.

Wegen Faris. Weil er die Nerven verloren hat. Ich darf jetzt nicht mehr still sein, ich muss etwas sagen...

«Entschuldigung. Ich möchte zu Protokoll geben, dass Faris Gashvaad ganz sicher nichts mit dem Drogenfund in seinem Zimmer zu tun hat.»

«Sind die Sachen von Ihnen? Haben Sie das Zeugs dort versteckt?» wendet sich der Staatsanwalt an mich.

«Nein. Ich weiß nicht, wo das herkommt, aber ich will, dass Sie zu Protokoll nehmen, dass ich der Meinung bin, dass Faris nichts damit zu tun hat.»

«Aha» sagt der Beamte und notiert sich nichts. Ich würde jetzt am liebsten los randalieren, aber diese lähmende Stille hat mich wieder eingefangen. Ich fühl mich wie betäubt.

«Wo könnten wir Ihren Mitbewohner Manuel Weber denn finden? Haben Sie eine Idee, wo er sich aufhalten könnte?»

«Nein» sag ich und Lisa beißt sich auf die Lippen. Es ist ihr anzusehen, dass sie am liebsten sofort alles aufzählen würde an Orten, was ihr einfällt, aber sie schüttelt nur den Kopf. Der Rest der Hausdurchsuchung zieht wie ein Film an mir vorbei. Nach drei Stunden ziehen die Grünlinge ab. Neben den Drogen aus Faris´ Zimmer nehmen sie noch den Laptop und einen Ordner von Manuel mit. Kaum sind sie weg, bricht Lisa völlig zusammen. «Das überleb ich nicht. Was war das

....und überhaupt...jetzt hab ich mein Referat ganz umsonst gemacht. Ich kann noch nicht mal sagen, warum ich nicht aufgetaucht bin. Und das bei meinem Lieblingsdozenten!» Sie legt ihren Kopf auf die Tischplatte und heult. Ich geh in mein Zimmer. Die Eisprinzessin liegt auf dem Boden, die Regale sind leer geräumt, meine Klamotten liegen verstreut auf dem Bett. Ich blicke ratlos durch das Chaos.

Und draußen schneit es.

§ 18

«Die haben mich gebustet vor kurzem.» erklärt Manuel, als er am späten Nachmittag auftaucht und ich ihn mit Vorwürfen überhäufe. Lisa hat ihre Tasche gepackt und ist zu ihren Eltern gefahren. Ich hatte den ganzen Nachmittag versucht aufzuräumen, und gewartet. Jetzt war ich extrem sauer. «Was heißt gebustet, haben die was gefunden bei dir? Und warum hast du uns nix gesagt und uns vorgewarnt? Du hast doch echt nicht mehr alle Latten am Zaun!» Ich bin stinksauer.

Manuel dummerweise auch. Er wettert los: «Warum habt Ihr die überhaupt reingelassen? Und warum habt Ihr Euch denn keine Kopie vom Durchsuchungs-Beschluss und vom Durchsuchungsprotokoll geben lassen? Seid Ihr blöd? Habt Ihr wenigstens den Namen und die Dienstnummer des Einsatzleiters? Nein?» Er geht wütend auf und ab. «Warum habt Ihr die überhaupt in Eure Zimmer gelassen? Mann!» Er starrt mich böse an. Dann fällt ihm was ein. Er stürmt in Lisas Zimmer und dreht an einem Lautsprecher die Kalotte ab. Ich lauf ihm nach:

«Was zum Teufel machst Du?»

Die Kalotte fällt zu Boden und Manuel greift flink ins Lautsprecherinnere. Er zieht einen Beutel mit grauem Pulver hervor. «Na immerhin, das ist noch da.» sagt er, legt den Beutel beiseite und schraubt die Kalotte wieder an den Lautsprecher. «Was ist das? Und warum versteckst du dein Scheißzeugs eigentlich bei uns anderen? Ist bei mir auch was?» Manuel grinst mich an. «Neee, so leichtsinnig bin ich nicht. Du bist hier in der WG noch das obskurste Objekt. Wenn - außer wegen mir- hier Bullen auftauchen würden, dann deinetwegen.» Ich bin geplättet. Ich hatte nie Ärger mit der Polizei, jedenfalls keinen großen. «Und was ist das jetzt?» frag ich und starre auf den Beutel.

«Das bewahr ich für einen Kumpel auf.»

«Und warum hat das der Hund nicht gefunden?»

«Vermutlich weils ein Drogenspürhund war. Das hier ist Sprengstoff. Darauf sind die nicht abgerichtet.»

Jetzt werden meine Knie weich. Und mir wird schlecht....

«Du lagerst hier Sprengstoff ...?... bei uns...?..in Lisas Lautsprecher?»

Ich fass es immer noch nicht.

«Ja, jetzt krieg dich mal wieder ein. Das war nur für diese Woche zwischengelagert, weil der Typ mit `ner Hausdurchsuchung rechnen musste»

Ich fang an zu lachen.

Das darf irgendwie alles nicht wahr sein!

Wir gehen in die Küche. Er stopft den Beutel mit dem Sprengstoff in seinen Rucksack.

«Ist das Zeugs nicht total gefährlich?» frag ich ihn.

«Ich denk nicht. Es ist...- ich glaub da muss man noch irgendwas zu mischen, dass es funktioniert.»

«Sehr beruhigend. Ehrlich. Mit was für Leuten hängst du ab? Wofür brauchen die so'n Scheiß?»

Er antwortet mir nicht. Ich werde lauter:

«Ich find das null lustig, Manuel, echt nicht. Wofür brauchen die sowas? Was sind das für Leute?»

«Keine Ahnung, Mila. Ich wills auch nicht wissen, ich hab nen Tausender gekriegt dafür, dass ichs ne Woche bei mir unterbring und ich hab das Geld dringend gebraucht.»

Er schaut mich an. «Was genau haben die denn jetzt gefunden?»

Ich erzähl ihm nochmal haarklein, wie es gelaufen ist. Er unterbricht mich: «Um wieviel Uhr sind die reingekommen?»

«Um sechs»

«Sicher, dass es nicht vorher war? Weil, wir haben Dezember. Vor sechs Uhr dürfen die nämlich keine Hausdurchsuchungen machen. Wenn die zu früh da waren, hätten wir schon mal was in der Hand.»

«Was?»

Ich weiß nicht, was ich weniger fasse, dass es solche Regelungen zur Zeit gibt oder dass Manuel, in der

Anbetracht der Situation, noch immer solche Sachen im Kopf hat..

«Ja, ist wirklich so. Von April bis September dürfen sie von vier Uhr morgens bis um neun abends Hausdurchsuchungen machen, aber in den Wintermonaten nicht vor sechs Uhr. Also sofern nicht Gefahr im Verzug ist. Aber wenn hier der Staatsanwalt mit bei war und so, dann war das ne normale Hausdurchsuchung. Also weiter»

Ich erzähl ihm von den Funden in Faris Zimmer und dass Faris die Nerven verloren hat und dann verhaftet worden ist. Ich erzähl ihm, dass sein Laptop mitgenommen wurde und dass ich nichts unterschrieben habe und das Lisa zu ihren Eltern heim gefahren ist. Manuel hört genau zu. So aufmerksam hab ich ihn noch nie erlebt in all den Monaten, die ich hier bin. Meistens hängt er ja doch halb zugedröhnt in der Ecke. Aber diesmal ist er hellwach. «Ok» sagt er. «Dann scheint mir, ich bin mit nem blauen Auge davon gekommen.» Jetzt werd ich hellwach: «Hä? Sag mal spinnst du? Du musst zu den Bullen gehen und sagen, dass das dein Stoff ist, denn man bei Faris gefunden hat!!!»

«Den Teufel werd ich tun. Da sind keinerlei Fingerabdrücke von ihm drauf, und von mir auch nicht, und die haben mich nur mit `ner kleinen Menge Shit und Amphas erwischt. Die stellen das ein!» «Garnix stellen die ein. Das war heftig viel Zeugs in der Plastiktüte, die die aus Faris Zimmer geholt haben. Das war ne echte Menge, da ist nix mehr mit Eigenbedarf, dem werden sie nachgehen und wenn du nicht auspackst, dass du das warst, dann werden sie es Faris anhängen. Da haben sie es schließlich gefunden!»

«Der kann sich doch rausreden. Er hat das noch nie gesehen und fertig.»

«Mann, raffst du das nicht? Wenn der seine Asylberechtigung verliert, wird er vielleicht abgeschoben!!! Du musst auspacken!»

Er springt urplötzlich auf: «Jetzt hör mal zu, Mila, der Faris ist null vorbestraft, da sind keine Fingerabdrücke von ihm dran und wenn der Idiot die Nerven behalten hätte, wär der gar nicht mitgenommen worden. Echt jetzt. Ihr seid auch echt selbst schuld. Was habt Ihr die in die Zimmer gelassen? Eigentlich dürfen die Sachen in anderen Zimmern garnicht verwendet werden in einem Strafverfahren. Glaub ich jedenfalls. Der Faris hats selbst verbockt, weil er versucht hat abzuhauen.»

«Du kannst Faris nicht ausbaden lassen, was du ihm eingebrockt hast!»

Manuel zieht den Rucksack an: «Hör zu, ich bring jetzt erstmal das Zeugs weg, falls die nochmal wieder kommen, und dann kümmer ich mich um einen An-walt, ok? Dreh mal nicht durch, Kleine! Das kommt schon alles wieder in Ordnung. Ich hol dir deinen Fa-ris schon wieder raus»

Er dreht sich um und geht.

Und dann fällt die Tür ins Schloss.

§ 19

Manchmal fehlen mir zum Schweigen die passenden Worte.

Sie wollen mir nicht einfallen und deshalb klappt das mit dem Stillsein dann auch nicht. Und dann red ich sinnlos vor mich hin, als würd ich ein Gebet sprechen, nur dass Gott vermutlich nicht zuhört, denn sonst würd er sofort die Welt anhalten. Man kann das Ding doch sich nicht weiter drehen lassen, wenn Faris im Knast sitzt, ohne was dafür zu können... Man müsste diese Scheißkugel sofort anhalten. Alles...

Ich versuche runter zu kommen und greif nach meinem Zitatebuch. Aber da steht nur Mist. Ich gehe die Kapitel durch... Sein, Natur, Mensch, Seele, Geist, Gesundheit, Religion, Politik, Moral... das ist doch Flitzekacke. Wie kann man denn solch unsinnige Unterteilungen für Philosophen und ihre Sprüche anbieten... da fehlt ein Kapitel „Knast, ungerechtfertigterweise" oder „Bullen und ihre Folgen" oder „ScheißkompliziertesLeben"...

Ich nehm die ganzen Zitatebücher und trag sie runter zum Müll. Ich schmeiß sie nicht in den Papiermüll. Ich werf sie in den Eimer mit dem Kompostmüll. Mögen die Würmer die Zitate fressen. Alle. Und mögen sie Bauchweh davon bekommen. Sprüche zu Torf!

Ich habe die Philosophen beerdigt.

§ 20

Das Telefon klingelt. Ich rappel mich vom Bett hoch, torkel in die Küche und heb ab. «Ja, hallo?» Es klingelt weiter und ich starre den Hörer an. Dann kapier ich, dass nicht das Telefon klingelt, sondern die Türklingel. Ich stolpere in den Flur und drücke den Öffner, da poltert es gegen die Tür. Ich öffne. Vor mir steht Herr Jakob. Mit hochrotem Kopf, sein Herzspray in der Hand. «Ohweia, Wie sind Sie denn hergekommen? Wie spät ist es? Kommen Sie doch bitte erstmal rein!» Er nimmt einen Hub aus seinem Spray und folgt mir in die Küche. Dort lässt er sich auf einen Stuhl fallen. Ich greif mir ein Glas, fülle es mit Leitungswasser und stell es vor Herrn Jakob auf den Tisch. «Trinken Sie mal was!» Er nimmt einen kleinen Schluck. Er sieht verwirrt aus. Ich schaue auf die Uhr. Es ist früher Abend, sechs Uhr, aber draußen ist es schon stockdunkel. Er nimmt noch einen Schluck. Erst jetzt fällt mir auf, dass er irgendwie geschrumpft ist. Nicht äußerlich, aber innerlich. Er hat den Blick eines verängstigten Kindes. Ganz deutlich sehe ich in dem alten, faltigen Gesicht plötzlich den kleinen Jungen, der Heinrich einmal war. Ein ratloser Bub, der mit bangen Augen die Welt nicht versteht. Ich setze mich zu ihm an den Tisch.

«Wieso sind Sie nicht gekommen?» fragt er, «ich habe auf Sie gewartet und dann habe ich hier angerufen und keiner ging ran und dann bin ich alleine los, weil ich mir Sorgen um Sie gemacht habe!» Seine Worte klingen vorwurfsvoll, aber traurig-vorwurfsvoll, nicht sauer-vorwurfsvoll und sein Blick ist noch immer ängstlich.

«Es tut mir leid, Herr Jakob. Ich bin offensichtlich eingeschlafen, ich hab kein Telefon gehört... ich... wir hatten heute morgen hier eine Hausdurchsuchung. Ein Staatsanwalt, einer von der Stadt und Polizisten und ein Hund. Und die waren hier überall, in allen Zimmern....und den Faris haben sie verhaftet, weil er die Nerven verloren hat und abhauen wollte.. und das war einfach alles ein bisschen viel...Entschuldigung. Ich wollte Sie weder versetzen noch ängstigen, ok?» Er nickt zwar, hat aber noch immer einen fragenden Gesichtsausdruck. Dann sammelt er sich wieder. Sein

Gesicht altert, seine Miene wird strenger und seine Augenbrauen heben sich langsam zu einem neugierigen Hügel nach oben. «Warum hat hier eine Hausdurchsuchung stattgefunden?» fragt er, steht auf, zieht seinen Mantel aus und hängt ihn über die Stuhllehne.

«Mein Mitbewohner wurde irgendwo mit Drogen erwischt.»

«Tsss» faucht Herr Jakob los, «wie kann man denn nur so dämlich sein?»

«Ah, der ist nicht dämlich, der nimmt halt nur ab und zu was für die gute Stimmung und so».

«Dääämlich, weil er sich erwischen hat lassen, verstehen Sie? Nicht weil er sich ab und an was reinpfeift. Du meine Güte. Wofür halten Sie mich? Für den Papst?»

Jetzt war er endgültig wieder der Alte.

«Nein, ich wollt ja nur erklären, dass er nicht so schlimm ist, wie man meinen könnte, wenn man hört, dass hier eine Hausdurchsuchung war...Wir sind keine Terroristen oder so...» sag ich und denk an den Sprengstoff, den Manuel dabei hat und hoffe, dass er ihn nicht wieder mit hier her zurück bringt... hoffentlich war Manuel wirklich nur verspult und nicht in irgendeinen größeren Mist verwickelt. Der Idiot.

«Warum wurden dann alle Zimmer durchsucht? Das ist rechtlich gar nicht zulässig. Paragraph 103 Strafgesetzbuch sagt dazu: Bei anderen Personen sind Durchsuchungen nur zur Ergreifung des Beschuldigten oder zur Verfolgung von Spuren einer Straftat oder zur Beschlagnahme bestimmter Gegenstände und nur dann zulässig, wenn Tatsachen vorliegen, aus denen zu schließen ist, dass die gesuchte Person, Spur oder Sache sich in den zu durchsuchenden Räumen befindet...und so weiter. Verstehen Sie? Es lagen aber wohl keine Tatsachen vor, sondern nur der Verdacht, dass man da auch was finden könnte und damit war es unzulässig. Oder lag etwas vor? Hat man Sie oder ihre anderen Mitbewohner auch mit etwas erwischt?»

Ich schüttle den Kopf.

«Können Sie alle Paragraphen auswendig?»

«Viele. Ich hab ja schließlich lange Jahre als Anwalt gearbeitet, manchmal auch im Strafrecht, wenns sein musste, aber am liebsten waren mir die Wirtschaftsgeschichten. Und Ihr Mitbewohner - Faris sagten Sie? -

wurde also verhaftet. Wurde seinetwegen die Hausdurchsuchung durchgeführt?»

«Nein, wegen Manuel, der war aber garnicht da und Faris hat nichts damit zu tun, aber offenbar hat Manuel im Zimmer von Faris Zeugs gebunkert, und das wurde natürlich gefunden, und dann hat Faris die Nerven verloren und ist abgehauen und dann haben sie ihn verhaftet und mitgenommen. Der ist asylberechtigt, aber der Staatsanwalt meinte, dass das möglich wäre, dass man ihm die aberkennt und ihn dann abschiebt....» Herr Jakob nickt. «Ja, also das mit dem Aberkennen geht in Ausnahmefällen, bei sehr schweren Straftaten, aber abschieben geht normalerweise dennoch nicht. Er ist aus dem Iran?»

«Ja»

«Da muss er sich keine Sorgen machen, er soll sich halt einen guten Anwalt besorgen. Einen Guten, Verstehen Sie? Ein normaler Anwalt nutzt da nichts, da muss man sich schon reinhängen in so einen Fall. Verstehen Sie? Wenn das Zeug, was bei ihm gefunden wurde nicht von ihm ist, dann hat er mit einem guten Anwalt gute Chancen.»

«Darf das überhaupt verwertet werden? Sie haben vorhin doch gesagt, das die Durchsuchung rechtswidrig war?»

«Ja, aber es gibt kein allgemeines Beweisverwertungsverbot. Die Verwertbarkeit rechtswidrig erlangter Beweismittel ist seit 2009 sogar vom Bundesverfassungsgericht abgesegnet. Da ist nichts bis wenig zu machen, das kriegt man nur in ganz wenigen Fällen durch. Verstehen Sie? Es war zwar nicht rechtens, aber wenn was gefunden wurde, darf es dennoch verwendet werden.»

Dann schweigt er lange. Wahrscheinlich hat er sich gedanklich in seiner Paragraphenwelt verloren, geht alte Fälle durch oder sinniert über den Textinhalt eines hellblauen Paragraphen... ich weiß es nicht... er sieht jedenfalls sehr abwesend aus. Ich setze Wasser auf für einen Tee, stell Brot, Butter und zwei Teller und zwei Tassen auf den Tisch und leg jedem von uns ein Messer dazu. Als das Wasser kocht und ich den Tee aufgieße, ist Herr Jakob wieder da. Zurück aus seiner Paragraphenwelt direkt in unsere WG-Küche. Er nimmt sich ein Stück Brot und beschmiert es mit Butter. Ich gieße uns Tee ein und setz mich zu ihm. Ich erzähle ihm von Faris und Lisa und Manuel und davon, wie froh ich war, vor einem Jahr in dieser WG untergekommen zu sein.

«Erzählen Sie mir mal, was Sie gemacht haben, bevor Sie hier her kamen», fordert er mich auf.

Ich erzähle ihm ein bisschen von meiner Zeit mit Matteo, von den Marionetten, vom König, von den Städten und dem Meer und von der Eisprinzessin, die ich mitgehen hab lassen. Er will die Prinzessin sehen und so hol ich sie aus dem Zimmer. Es ist das erste Mal, dass ich sie bespiele, seit ich sie vor knapp einem Jahr ans Fenster gehängt habe. Ich stelle sie auf den Boden und lasse sie probehalber ein wenig mit den Füßen tippeln, ich hebe ihre Arme, ich drehe ihren Kopf etwas nach links und dann nach rechts und dann lass ich sie zu mir hoch schauen. Und so kommt das Leben in sie zurück. Sie läuft mit mir in die Küche zu Herrn Jakob. «Bonsoir Monsieur!» sagt sie mit ihrer Eisprinzessinenstimme, die ich schon so lange nicht mehr an mir gehört habe und dann tippelt sie ein bisschen rum. Herr Jakob steht auf und verneigt sich:

«Die Ehre ist ganz meinerseits, Hoheit!» Die Eisprinzessin verneigt sich ebenfalls, hüpft auf den Tisch, schaut sich um und verabschiedet sich höflich.

Ich begleite die Prinzessin zurück in mein Zimmer zum Haken. Ich hänge sie hoch und drehe sie so, dass sie wieder nach draußen gucken kann. Das Zimmer sieht nämlich schwer durchsucht und also ganz und gar prinzessinenuntauglich aus. Frisch durchsuchte Zimmer sind kein richtiger Ort für kleine liebe Puppen. Als ich in die Küche zurück komme, will Herr Jakob ein Taxi haben. «Ich bin mit Mazlum verabredet, wir wollen, wenn die Alten schlafen, eine Partie Schach zusammen spielen!» feixt er. Ich helfe ihm in den Mantel, bestelle ein Taxi und gemeinsam steigen wir die Treppen nach unten. Das Taxi steht bereits am Straßenrand, als wir ankommen. Er steigt ein und nennt dem Fahrer die Adresse.. «Gute Nacht Mila!» sagt er, schnallt sich an und rät: «Passen Sie gut auf sich auf.»

§ 21

was gut ist:

ein Zimmer, in dem nichts gefunden wurde

ein Mitbewohner, der nicht da ist

eine Eisprinzessin am Fenster

und die Sterne am Himmel...

was schlecht ist:

ein Zimmer, das durchsucht wurde

ein Mitbewohner, der nicht da ist

eine Eisprinzessin am Fenster

und die Sterne am Himmel...

§ 22

Es ist still, als ich aufwache. Unglaublich still. Stille, die so laut ist, dass einem die Ohren davon weh tun. Ich steh auf und geh ins Bad. Kaltes Wasser. Das hilft. Nein, ist gelogen. Es hilft nicht. Es ist nur kalt, macht mich wacher und so fühl ich den Schmerz noch deutlicher. Vielleicht hilft essen. Ich gehe in die Küche. Zum Regal.

Zarte Multikornflocken. Wie kann Lisa sowas nur essen? Sieht aus wie Vogelfutter. Ich drehe die Packung hin und her. Der Inhalt fällt nach links und nach rechts. Die Flocken haben das Prinzip der Erdanziehungskraft verstanden. Neben den zarten Multikornflocken sollen auch Beeren und Nüsse in der Packung sein. Für mich sieht das aber nur aus wie pastellblasse Krümel. Ich stell die Packung zurück ins Regal. Lisa fehlt mir. Es ist kein Kaffee gemacht und es riecht nicht nach ihren Duftwässerchen, mit denen sie sich morgens immer in ganz unhomöopathischen Dosen einsprüht. Meistens fand ich das nervig, aber jetzt, wo sie nicht hier ist, fehlt mir sogar das. Es ist der erste Morgen, den ich hier komplett alleine aufwache. Keiner ist da. Lisa nicht, was klar ist, die muss sich erstmal bei ihren Eltern erholen... aber auch Manuel ist nicht zurückgekommen und Faris ist noch immer nicht wieder frei. Ich frage mich, wie es ihm wohl geht. Es muss schrecklich sein, im Gefängnis aufzuwachen. Vor allem für ihn. Das wird er nicht lange durchhalten dort... Ich mach mir einen Kaffee und versuche, Manuel auf dem Handy zu erreichen. Aber da läuft nur seine Mailbox. Ich rufe bei der Polizei an und frage nach Faris. Ich werde von Hinz zu Kunz verbunden, um dann von Nummer Fünf endlich zu hören, dass man mir keine Auskunft geben darf, weil ich nicht mit Faris verwandt sei. Schließlich ruf ich sogar auf Faris Handy an. Aber das klingelt nur. Niemand geht ran, nicht mal die Mailbox. In der Einsamkeit helfen nur zarte Multikornflocken. Die erinnern mich wenigstens an Lisa... Ich greif nach der Tüte und schütte mir ein wenig davon in eine Schüssel. Löffel holen. Löffel reintun. Löffel füllen. Löffel anheben... und dann doch wieder absenken. Ich kann das Vogelfutter jetzt nicht essen. Es geht irgendwie nicht. Ich schlürfe meinen Kaffee, - das ist schon viel genug.

Als ich den Schlüssel im Schloss höre, spring ich auf und stürm zur Tür. Faris, das muss Faris sein! Aber da ist kein Faris. Eher das Gegenteil von ihm. Ein mir völlig fremder Mann um die sechzig steht vor mir, in der Hand einen großen Karton und starrt mich an. «Sind Sie die Puppenspielerin, die im Altenheim

jobbt? Marzek oder so‚ja?» Ich brauch eine Weile...
das muss Lisas Vater sein...ich frag trotzdem:. «Wer
sind Sie und wieso kommen Sie einfach so hier rein?»
„Brunnenwieser. Ich bin der Vater von Lisa und hol
jetzt ihre Sachen ab. Ist der Herr Weber da?" Ich
schüttle den Kopf. Nein, Manuel ist immer noch nicht
da. Kein bisschen nicht. Das ist es ja grade...Niemand,
der hier außer mir noch wohnt, ist hier, dafür ist dieser
blöde Typ da. Ich dachte, Lisas Vater sei nett und gemütlich, das hat sie immer erzählt, aber dieser Bulle
von einem Mann ist riesig, breit und wirkt zumindest
grade sehr ungemütlich. «Gut, dann bestellen Sie Ihrem freundlichen Mitbewohner, dass meine Tochter
fristlos kündigt. Sie will nicht in einem Haus mit Kriminellen wohnen. Ein Unding ist das!» Er drängt sich
an mir vorbei und öffnet eine Zimmertür nach der anderen, bis er zuletzt das Zimmer seiner Tochter erkennt. Er geht rein und fängt an Lisas Sachen in den
Karton zu räumen.
Ich geh zurück in die Küche und schütte die zarten
Multikornflocken in den Ausguss.

§ 23

Und dann ist Faris tot.

... dabei hat er immer gewitzelt: Ein Mathematiker stirbt nie, er verliert nur einige seiner Funktionen...

Er hat aber alle Funktionen verloren...alle..

Er hat sich ein Seil kreisförmig um den Hals gelegt und den Radius gegen Null tendieren lassen. In unmathematisch heisst das: er hat sich aufgehängt. In seiner Zelle, in der Untersuchungshaft. Und mir gehen seither nur seine blöden Witze zu diesem Thema im Kopf rum. Wie blöd bin ich. Wie unsagbar blöd...

Faris ist tot.

Ich muss es mir immer wieder sagen.

Faris ist tot.

Manuel weiß es von seinem Anwalt.

Der hat ihm, unter diesen Umständen, geraten, alles auf Faris zu schieben. Das erzählte er einfach so, während er ein Blech Shore raucht. Am frühen Abend, bei uns in der Küche, in unserer WG, die mal aus vier

Leuten bestand, und von der jetzt nur noch zwei, nämlich wir beide übrig sind.

Zwei von vier.

Und ich bin wütend geworden, weil Manuel nur an sich denkt und daran, wie er seinen Arsch retten kann.

Und dann haben wir uns gestritten und Manuel ist einfach gegangen.

Und nun sitz ich da und heule. Heule, weil weinen da nicht ausreichen würde bei soviel Traurigkeit. Ich heule um Faris. Ich heule und heule und alles ist ganz schwarz und draußen schneit es weiß und die Eisprinzessin dreht sich am Fenster, weil die warme Heizungsluft sie zum Tanzen zwingt...Yitgadal v`yitkadash schmai rabah... die Eisprinzessin tanzt das jüdische Totenlied. Es ist ihr egal, dass Faris kein Jude war. Es ist ihr egal, dass er das jüdische Totenlied nicht kennt... sie tanzt es über der warmen Heizungsluft, während ich mit verheulten Augen nicht glauben kann, dass der Schnee weiß bleibt...und Faris wirklich tot ist.

Er lässt seinen Radius gegen Null tendieren. Scheiße Faris. Scheiße.

§ 24

es ist so unendlich still in mir drin.

§ 25

es ist so unendlich leer in mir.

§ 26

es ist.

§ 27

Herr Jakob ist penetrant treu.

Herr Jakob ruft mehrfach an.

Ich erzähle ihm, was passiert ist.

Ich sage ihm, dass ich keine Zeit mehr habe.

Ich schlage ihm vor, sich jemand anderen zu suchen als Begleitung.

Aber er will nicht.

Er ruft immer wieder an.

Herr Jakob ist penetrant treu.

§ 28

Er steht schon vor der Heimtür als ich ankomme. Dabei bin ich eine halbe Stunde zu früh, weil ich eigentlich noch nach Rosalind und Frau Zimmermann gucken wollte. Wenigstens kurz. Aber das trau ich mich nicht zu sagen, weil er eben schon da steht und ich ihn in den letzten Tagen mehrmals habe warten lassen. Ich kam nämlich nicht raus. Raus aus meiner Traurigkeit und raus aus der Wohnung. Tagelang. Ich hatte Angst, die Tür zu öffnen. Vor zwei Tagen, als ich grade los wollte und die Tür geöffnet habe, stand ein Ordnungsmensch vor der Tür. Der sagte, er sei Nachlassverwalter und vom Amtsgericht bestellt, die Sachen von Faris Gashvaad zu sichten und zu beschlagnahmen, wegen der Beisetzungskosten. Die müsse sonst ja der Staat tragen und außerdem müsse sich ja jemand drum kümmern. Er war ganz nett. Also so nett wie ein Ordnungsmensch eben sein kann. Aber er hat trotzdem danach alle Sachen aus Faris Zimmer mitgenommen. Und dann war nur noch das Bett, der Tisch, der Schrank und der Stuhl da, weil die schon vor Faris da gewesen waren, aber alles, was von Faris je in diesem Zimmer war, ist weg. Danach hatte ich sogar Angst, überhaupt zur Tür zu gehen. Wer weiß, wer dahinter steht, wenn man sie öffnet...

Gestern hat mir Manuel dann Tabletten gebracht und meinte, ich solle die nehmen, damit ich wieder normal werde. Er hat normal werden gesagt, dabei find ich mich eigentlich ziemlich normal. Es ist doch normal, durchzudrehen nach so einer Geschichte, oder? Das ist doch normal... das...ist...doch...normal... Aber ich hab die Tabletten trotzdem eingeworfen. Und sie haben auch gewirkt. Die Angst ist sofort abgehauen mit der Traurigkeit im Schlepptau und als ich die Tür aufgemacht habe, stand da auch niemand mehr davor. Deshalb hab ich mir heute auch eine eingeworfen, damit ich diesmal die Verabredung mit Herrn Jakob einhalten kann. Und ich fühlte mich sogar so gut, dass ich nach den beiden alten Frauen gucken wollte. Einfach so, als Besuch. Und weil ich mir dachte, ... für Faris kann ich nix mehr tun, aber für die beiden Frauen vielleicht schon. Die sind noch da. Aber nun steht Herr Jakob vor der Tür am Seniorenstift und wartet schon auf mich, und das rührt mich so, dass da jemand auf mich wartet und eine halbe Stunde zu früh und im kalten Schnee und mit rotgefrorener Nase, und überhaupt,- dass ich sofort mit ihm los spaziere.

«Ich möchte heute mit Ihnen ins Museum.»

«In welches denn?»

«Ins Museum für moderne Kunst.»

Wir gehen zu Fuß in Richtung Innenstadt. Dort ist dieses Museum. Ehrlich gesagt mag ich keine Museen. Ich verstehe nichts von Kunst. Ich weiß auch nicht, warum manche Bilder so wahnsinnig teuer sind, nur weil sie von jemandem gemalt wurden, der als epochal genial gilt. Und ich weiß, dass wenn ich mir ein Stück vom Ohr abschneiden würde, trotzdem niemand deshalb ein Bild von mir kaufen würde. Ok, ich kann auch nicht malen, aber bei manchen modernen Künstlern weiß ich auch nicht so sicher, ob die eigentlich malen können oder ob die nicht doch einfach einen Eimer Farbe umschütten und sich hinterher, ob der Interpretation ihres Kunstwerks, heimlich kaputt lachen. Vermutlich lachen sie. Ich würde auch lachen, wenn ein Farbunfall von mir im Museum hinge oder für tausende von Euronen verkauft werden würde...

Ich drücke die Gedanken weg. Er will ins Museum, also gehen wir ins Museum. Er hat mich ja auch schließlich dafür bezahlt. Und ich weiß eh nicht, was ich sonst machen soll. Ich bin seelisch gelähmt. Ich wußte vorher garnicht, dass es sowas gibt, aber wenn man es hat, merkt man es sofort. Lähmungserscheinungen an der Seele. Das ist, wie wenn man nicht mehr laufen kann innendrin. Also nicht mal mehr humpelnd und stolpernd, sondern eben garnicht mehr. Stilstand. Komplette Regungslosigkeit. Wie eine Maus, die vor einer Katze steht. Starr vor Schreck. Und dieser blöde Witz aus der Irrenanstalt, den mein Vater im Vollsuff immer erzählt hatte, macht endlich Sinn. Jetzt versteh ich ihn nämlich. Ein Mann kommt in die Klapse, weil er denkt, er sei eine Maus. Nach Wochen hat man ihm klar gemacht, er sei keine Maus. Er wird entlassen, geht ein paar Schritte, dreht sich um und rennt zurück. Er sagt: Herr Doktor, ich weiß ja nun, dass ich keine Maus bin, aber wissen das die Katzen auch? Und an dieser Stelle hatte mein Vater dann immer herzhaft gelacht. Dabei ist das garnicht lustig. Dieser Gedanke, dass die Katzen möglicherweise nicht wissen, dass man keine Maus ist, ist nicht sonderlich abwegig. Im Gegenteil. Mir kommt das sehr plausibel vor. Was hat man denn davon, wenn man keine Maus ist, und das auch weiß, aber trotzdem gefressen wird. Und die Katzen waren ja nicht in der Klapse, um zu lernen, dass der Mann keine Maus ist...

Wahrscheinlich dreh ich grade durch.

Vielleicht sind die Tabletten von Manuel doch nicht so gut. Man denkt nur wirres Zeugs.

«Hallo Mila. Sie hören mir garnicht zu!»

Offenbar hat er mir grade was erzählt. Während ich mit der Maus im Kopf spazieren war.

«Doch, doch. Natürlich!» sag ich und hab keine Ahnung, was er gesagt hat.

«Ach, und was habe ich gesagt?»

Mist.

Jetzt ist er wohl wirklich beleidigt.

Das wollt ich nicht. Nicht nur, weils peinlich ist, sondern weil ich es wirklich nicht wollte. Ich überlege, was er wohl gesagt haben könnte.

«Ich habe Sie eingeladen morgen Abend mit mir essen zu gehen. Es ist Heiligabend!»

«Morgen schon? Weihnachten?»

Ich bin wirklich überrascht. Ich hab das völlig vergessen. Dabei steht an jeder Ecke ein rotbemäntelter Nikolaus und verteilt Werbezettel oder Geschenke und überall dudelt Weihnachtsmusik...

«Wollen Sie nicht zu ihrem Sohn fahren? Nach München?»

«Nein. Will ich nicht.»

Ich warte, ob er mir noch eine Begründung nachliefert, aber mehr sagt er nicht. Ich frage mich, was an seinem Sohn so furchtbar ist, dass er nichtmal Weihnachten mit ihm verbringen möchte...

«Wohin sollen wir denn essen gehen? Hat überhaupt ein Restaurant geöffnet am Vierundzwanzigsten?»

«Sicher. Heutzutage ist den Leuten das Geschäftemachen zum Glück wichtiger als die Religion. Glauben Sie mir, Geschäftsleute sind immer schon moralischer gewesen als Kirchenleute. Jedenfalls berechenbarer. Und das ist schon viel wert!»

«Kann man das so allgemein sagen?»

«Nein. Natürlich nicht», er zwinkert, «aber es ist nicht justiziabel.»

Jetzt grinst er mich an. Ich hab sofort gute Laune, wenn er so guckt. Er stapft heute relativ flott durch den Schnee. Also für seine Verhältnisse. Überhaupt sieht er heute noch fein gemachter aus als sonst. Wahrscheinlich seh ich daneben völlig deplatziert aus, aber das ist mir grade völlig egal.

Im Museum kauft er Karten für die aktuelle Ausstellung. Sammlung Leumark: «Die Sammlung Leumark ist ein riesiges Sammelsurium von Schätzen aus allen Zeiten und Orten! Wunderbare Werke sind dabei! Unter anderem auch eins von Ihnen!»

«Von mir? Wie das denn?»

«Sie sehen einer von mir geschätzten Malerin sehr ähnlich.»

«Ich? Wem denn?»

«Zinaida Serebriakova. Sie haben absolut ihr Gesicht. Augen, Nase, Mund. Einfach alles. Sie haben sogar diesen kleinen Hügel in der rechten Augenbraue, ganz wie die Künstlerin! Verstehen Sie?»

«Aha.»

Ich hab noch nie von dieser Malerin gehört. «Müsste man die kennen? Gibts irgendein berühmtes Bild von ihr?»

«Nein. Also man müsste sie kennen, denn sie malte ganz wunderbare Frauenportraits, aber es ist eher unwahrscheinlich, dass Sie schonmal was von ihr gesehen haben. Sie ist, zu Unrecht, nicht bekannt. Dabei war sie eine der Besten, die sich damals in Montparnasse rumgetrieben haben. In der Leumarksammlung befindet sich jedenfalls ihr Selbstporträt mit Schal von 1911. Sie werden gleich sehen, dass ich Recht habe!»

Wir geben unsere Mäntel an der Garderobe ab und betreten den Seitenflügel des Museums. Die Museumsordner beäugen mich kritisch. Ich hab das Gefühl, dass sie mich die ganze Zeit mit den Augen verfolgen, aber es stört mich nicht. Normalerweise würde ich mich spätestens jetzt völlig deplatziert fühlen, aber offenbar wirken Manuels Pillen nicht nur gegen Angst und Traurigkeit, sondern auch gegen Unsicherheit in musealer Umgebung. Wir gehen nach links und steuern aufs erste Bild zu. Eine Frau.

«Die sieht mir doch nicht ähnlich!» empör ich mich.

«Natürlich nicht. Das ist ja auch von Modigliani.»

Frauenbildnis mit Krawatte steht neben dem Bild. Ich betrachte die Frau und ihre Krawatte. Das Bild hat dieser Modigliani bestimmt nur deshalb so genannt, damit man nicht merkt, dass die Frau kurz vorm Selbstmord steht. Wenn man genau hinsieht, wird klar, dass die Krawatte ein Strick ist. Und an diesem Strick wird sie sich bestimmt gleich aufhängen und die Augen hat sie auch schon zu, weil sie selbst nicht mitansehen will, wie sie stirbt... und ich sehe all das Unheil und es macht mir nichts aus. Manuels Pillen sind großartig. Sonst wär ich bereits jetzt wieder am heulen. Aber so schau ichs mir einfach nur an und weiß Bescheid.

Herr Jakob steht schon ein Bild weiter.

Picasso, die Seiltänzerfamilie. „Sehen Sie das kleine Mädchen in rosa? Die wird ihre Seiltänzerfamilie irgendwann verlassen, weil Seiltanz eine wacklige Angelegenheit ist bei der man jederzeit abstürzen kann. Dieses kleine Mädchen in rosa, die wird mal Puppenspielerin, wie Sie!" Er lächelt mich an. Ich schaue auf das Bild. Ich wußte bisher gar nicht, dass Picasso auch richtige Bilder gemalt hat. Ich kenne nur seine verschrobenen Figuren und die Taube. Dabei haben Matteo und ich mal direkt vor dem Picasso-Museum in Antibes in Südfrankreich eine Vorstellung gegeben. Und wurden richtig gut bezahlt. Aber ins Museum sind wir dann doch nicht rein. Wir haben das Geld für wunderbar frisches Baguette und Rotwein ausgegeben, wie man das so macht in Frankreich und haben uns danach in unseren Wagen zurückgezogen und uns geliebt. Wie man das ebenfalls so macht in Frankreich. Dachten wir jedenfalls. Und außerdem haben wir das an jedem Ort so gemacht. Aufgetreten, Geld gesammelt, Essen gekauft, uns geliebt, weitergezogen.

Es kommt mir vor, als sei das in einem anderen Leben gewesen. Und eine andere Mila.

Herr Jakob ist schon wieder ein Bild weiter. Er doziert zu jedem Bild etwas. Erzählt Anekdoten vom Maler oder den Umständen, unter denen das Bild seine Besitzer gewechselt hat. Er philosophiert über Miros bunte Flecken und die traurige Landschaft von Emil Nolde und weiß immer zu allem noch etwas, was man normalerweise nicht weiß.

Als wir vor einem Frauenportrait mit Gitarre stehen und ich grade wieder einwenden will, dass mir die Frau nicht ähnlich sieht, fängt er an von dieser Frau zu schwärmen. «Das ist Nina Hamnett, gemalt von Roger Fry. Eine unglaubliche Frau! Ich bin ihr als junger Mann sogar einmal begegnet in London...»

«Ähm, das Bild ist von 1917» wende ich, nach einem kurzen Blick auf das kleine Schild neben dem Gemälde, ein.

«Jaaa, als ich ihr begegnete, das war im Sommer 1956, kurz vor ihrem Tod, Sie war damals schon eine alte Frau, also aus meiner jugendlichen Sicht jedenfalls, und deutlich vom Alkohol gezeichnet. Verstehen

Sie? Aber sie hatte dieses Charisma, man kann es nicht beschreiben... Ein Onkel von mir, ein Großonkel, um genau zu sein, hatte sie in ihrem Prozess gegen einen Okkultisten verteidigt. Sie hatte ein autobiographisches Buch geschrieben und er hatte sie daraufhin wegen Verleumdung verklagt. Aleister Crowley, falls Ihnen das was sagt... vermutlich nicht. Ist nicht so wichtig. Jedenfalls war Nina eine ganz erstaunliche Frau. Auch in juristischer Hinsicht. Ein Jammer, wie sie endete... Sie stürzte aus dem Fenster...»

Er verliert sich in dem Bild, starrt auf die zierlich gemalten Finger der Frau und entschwindet dem Hier, vermutlich nach London. Sein Gesicht ist weit entrückt.

Weil er nichts mehr sagt, geh ich weiter und blicke auf verschiedene Bilder, die mir mal mehr, mal weniger gefallen und hab schon beinah vergessen, dass ich hier angeblich irgendwo hänge... als ich plötzlich vor mir stehe. Ich sehe tatsächlich mein Gesicht. Das Bild. Selbstportrait mit Schal, Zinaida Serebriakova, 1911. Mein Gesicht lächelt. Meine Nase ist groß und meine dunklen Augen gucken mich direkt an. Meine Haare schauen unter dem Schal, der wie ein Badeturban auf dem Kopf sitzt, nur zögerlich am Rand hervor. Meine Schulter ist grau. Und mir fehlen die Wimpern. Überhaupt fehlt mir viel.Es kommt mir vor, als habe man mich nicht fertig gemalt. Trotzdem lächle ich mich an. Das ist schön und unheimlich zugleich. Mich gabs also schon mal irgendwie.

«Ah, Sie haben die Serebriakova schon entdeckt! Und was sagen Sie? Sieht Ihnen doch wirklich sehr ähnlich, nicht wahr?»

Er hat mich eingeholt und blickt mich neugierig an. Ich nicke. Er murmelt etwas von faszinierend und schaut abwechselnd mich und das Bild an.

Ich schaue mich auch weiter an. Mich, auf dem Bild, unter dem blauen Schal...

«Warum schauen Sie denn so betroffen. Gefällt es Ihnen nicht?»

«Doch... schon.... es ist ein bisschen unheimlich...aber was mich am meisten irritiert ist, dass ich nicht fertig gemalt worden bin...»

§ 29

Man merkt es nicht sofort, wenn die Wirkung der Tabletten nachlässt. Erst nach eine Weile stellt man fest, dass sich die schönen Gefühle heimlich, still und leise davon geschlichen haben. Und dann wird einem kalt und die Nase läuft ein wenig und die Seele ist wieder schwarz und regungslos und müde. Als ich das merke, steh ich wieder in der Küche zuhause und der Zauber des Museums vom Nachmittag mit Herrn Jakob ist verflogen. Kaum sitz ich wieder hier, merke ich, wie sie alle fehlen und was hier kaputt gegangen ist. Ich geh zu Faris Zimmer. Es ist leer. Ich gehe zu Lisas Zimmer. Es ist leer. Ich gehe nicht zu Manuels Zimmer. Ich will nicht. Er ist sowieso auch nicht da. Man hört, riecht und merkt es sofort, wenn er da ist. Aber er ist nicht da. Ich bin froh, dass er nicht da ist. Was sollt ich ihm sagen. Du bist ein Arschloch, deinetwegen ist Faris tot und Lisa weg oder ich hasse dich oder eher danke für die Tabletten, hast du vielleicht noch mehr? Das ist alles nichts. Nicht nach diesem Tag, wo ich gesehen habe, dass es mich schon mal gab und zwar in glücklich, aber nicht vollendet und ich genau so im Museum hänge. Ich geh in mein Zimmer und such nach meinen Zitatebüchern. Doch dann fällt mir ein, dass ich sie alle weggeworfen habe. Alle, bis auf eins, das ich dann doch noch entdecke, unten im Regal. Ich blättere es durch. Irgendein kluger Spruch könnte doch vielleicht helfen. Oder mich wenigstens davon abhalten, komplett durchzudrehen. Ich klappe das Buch zu und schlage es dann irgendwo auf und schaue auf einen Spruch: *Wie kann man einen Menschen beweinen, der gestorben ist? Diejenigen sind zu beklagen, die ihn geliebt und verloren haben.* Na großartig. Danke Moltke. Das war ja jetzt wohl das Gegenteil von hilfreich. Ich wollte an etwas anderes denken und nicht wieder direkt drauf gestoßen werden, was hier passiert ist. Ich mache noch eine Versuch. Buch zu, Buch auf und gucken. *Wer über gewisse Dinge den Verstand nicht verliert, der hat keinen zu verlieren.* Lessing ist eben auch nur mieser Kerl. Das wird ja immer schlimmer als besser. Ich lege das Buch weg. Das mag mich nicht, es zeigt mir nur Sprüche, die mich runterziehen. Ich greif nach meinen Laptop.

Ich klicke auf youtube und suche den Sonnenuntergang, den ich zuletzt mit Rosalind angeguckt habe.
Das ist gut. Sonnenuntergänge sind gut. Ich leg mich
mit dem Laptop ins Bett. Die Eisprinzessin tanzt wieder über der warmen Heizungsluft am Fenster. Und
ich schaue mal ihr zu, mal der Sonne, die in meinem
Laptop im Meer versinkt...

Mein Bruder singt Ma nishtana ha Laila hasse und
tanzt um den runden Tisch herum. Ich bin klein. Meine rote Kindergartentasche mit dem Pilz drauf hängt
um meinen Hals. Meine Mutter kommt rein und
schaut mich an. Lächelt. Streichelt mir über den Kopf
und geht wieder raus. Auf dem Tisch steht das Seder-
geschirr. Pessach. Auf dem Regal nebendran die
Schokoladenhasen im lila Glitzerpapier, die uns die
Nachbarin geschenkt hat. Ostern. Meine Mutter
kommt wieder rein, in der Hand das Schälchen mit
dem Charosett. Sie stellt es auf den Tisch. Dann stürzt
mein Vater ins Wohnzimmer. Er starrt uns alle an und
rennt auf mich zu. Er packt mich in seine Arme und
reißt mich hoch. Seine Augen sind angstverzerrt, Er

schreit mit einer zerbrochenen Stimme «Ihr seid doch alle tot, was macht Ihr hier? Ihr seid doch tot!» Er starrt entsetzt in das Zimmer. Dann kommt Faris rein. «Habt Ihr meine Mathe-Unterlagen gesehen?» Er schaut auf den Sedertisch und auf unsere Wohnzimmerkommode. «Wenn die hier auch nicht sind, dann hat sie der Mann vom Nachlassamt mitgenommen. Wie soll ich denn jetzt rechnen?» fragt er mit seinem blassen Gesicht, das immer blasser und weißer wird.. «Komm, wir müssen hier weg!» sagt mein Vater und steigt, mit mir auf dem Arm, aus dem Fenster. Direkt unter dem Fenster fließt ein großer Fluss. Mein Vater watet mit mir auf dem Arm durch. Ich brülle ihn an, er soll stehen bleiben. Ich will da bleiben. Aber er kämpft sich weiter durch die Wellen. Dann ertönt ein lautes tiefes Tuuuuuut. Ein Schiff. Ein riesiger Kahn steuert direkt auf uns zu. Slowodka steht drauf. Mein Vater lässt mich los und ich falle ins Wasser. Die Strömung reisst mich mit. Ich muss die Kindergartentasche ausziehen. Ich weiß das, aber ich krieg sie nicht übern Kopf...Ich hab das Gefühl zu ersticken,

- als ich aufwache.

Ich schalte das Licht an und reiße das Fenster auf.

Beinah wär die Eisprinzessin vom Haken gefallen.

Ich atme die frische Luft ein.

Draußen dämmert es. Es wird hell, obwohl es noch stockdunkel ist. Man spürt das, wenn es hell wird. Lange bevor man es sieht. Ich habe so viele Nächte draußen verbracht und hab dabei intuitiv gelernt, wann die Nacht zum neuen Tag kippt. Ich könnte der erste Vogel sein, der morgens singt.

Der Schnee schmilzt. Es ist nicht mehr so kalt wie die letzten Tage. Überall hört man Wasser durch die Dachrinnen und Fallrohre gluckern. Die Luft ist feucht. Nach einer Weile mach ich das Fenster wieder zu. Ich klicke eine Taste auf meinen Laptop an, um zu wissen wie spät es ist. 5.47 Uhr. Die Youtube-Seite mit dem Sonnenuntergang liegt auch noch offen da. Ich klicke sie weg, klappe den Laptop zu und schalte das Licht aus. Nächstes Jahr in Jerusalem sagt man an Pessach immer. Ich war noch nie in Jerusalem. Und Pessach hab ich seit Jahren nicht mehr gefeiert. Ich schließe das Fenster und leg mich zurück ins Bett. Wie David wohl heute wäre? Er war so klug. Er würde sicher studiert haben und in einer schönen Stadt wohnen. Vielleicht wäre er verheiratet und hätte Kinder. Und ich könnte ihn dann besuchen. Und dann hätte ich auch eine Familie. Und alles wäre anders und gut und ich müsste nicht solche Träume haben und dann alleine aufwachen hier, in diesem anderen Alptraum...

§ 30

Nach dem Frühstück zähl ich das Geld in meinem Geldbeutel. Das sieht noch gut aus. Herr Jakob steckt mir jedesmal einen Umschlag zu und so hab ich praktisch immer Geld bei mir. Heute Abend werd ich mit ihm essen gehen. Und weil Heiligabend ist, will ich ihm noch ein Geschenk besorgen. Ich weiß auch schon was. Es ist mir heut morgen eingefallen, als es wärmer und wärmer wurde und heller und heller. Und dann kam mir die Idee in den Kopf.

Murmeln. Er hat als Kind mit Murmeln gespielt, das hat er mir erzählt. Ich werde ihm ein Säckchen Murmeln kaufen. Das ist natürlich nichts Wertvolles, aber was soll ich ihm auch sonst schenken? Der Mann hat alles und ich bin nicht sonderlich reich. Um genau zu sein, kommt derzeit man ganzes Geld ohnehin von ihm. Er kauft es sich also quasi selbst, nur dass ich es aussuche und das Geld zwischendurch mal ne Weile in meinem Geldbeutel liegt. Aber egal. Im Moment zählt nur, dass ich ihm ein kleines Geschenk besorgen möchte und dass ich denke, dass er sich darüber freuen könnte. Vielleicht jedenfalls.

Ich laufe durch den Schneematsch in die Stadt und gehe in Mollys Spielzeugladen, der in einer Nebenstraße liegt. Ich bin hier schon oft vorbeigelaufen, und habe in die Schaufenster geschielt. Mollys Laden hat ein zauberhaftes Schaufenster mit Holzeisenbahnen, Puppen mit hübschen Puppenkleidern, Bauklötzen und Holzställen und freundlichen Teddybären, die auf stolzen Schaukelpferden sitzen. Der Laden wirkt so, als wäre er aus der Zeit gefallen. Und unter dem Namen Molly stell ich mir eine alte gemütliche Dame vor, die strickend hinter der Kasse sitzt. Drinnen findet man, wie ich jetzt sehe, auch modernere Spielsachen...

Lego, Playmobil und Elektrobaukästen. Ich schaue mich um. Direkt an der Kasse steht ein kleines Regal mit Kreiseln, Springseilen, aufziehbaren Blechtieren, Klackerfröschen, Würfeln und Murmeln. Ich greife nach den Murmelnsäckchen. Ich schaue mir die verschiedenen Sorten an und entscheide mich dann rasch für einfarbige bunte Glasmurmeln. Eine große blaue, und viele kleine Murmeln in grün, rot, blau, gelb und lila. Sie sehen wunderschön aus. Ich zahle bei einer jungen Frau, die bestimmt weder Molly heisst, noch sonstwie in den Spielzeugladen passt, und mach mich auf den Heimweg. Unterwegs kaufe ich noch Lebensmittel. Die Schlangen an den Kassen sind endlos. An Heiligabend scheinen sich die Menschen immer für einen wochenlangen Krieg einzudecken, aber schließlich schaff ich das auch, und zieh zuhause die Tür hinter mir zu. Nachdem ich die Einkäufe in Kühlschrank und Regal verstaut habe, geh ich wieder in mein Zimmer.

Weihnachten. Das ist das einsamste Fest überhaupt. Als meine Mama und mein Bruder noch gelebt haben, da war Weihnachten die Zeit, meistens kurz nach

Chanukkah, wo wir Ferien und endlich Zeit hatten, unsere Chanukkahgeschenke zu bespielen. Wir haben Fernsehen geschaut und nichts war komisch. Später dann, als Mama und David tot waren und ich Weihnachten feiern wollte, durfte ich nicht. Und noch später dann, als Papa auch Chanukkah immer mehr und mehr vergessen hat, weil man mit Wodka einfach alles vergisst, da hab ich Weihnachten dann intensiv gespürt. Weil da nämlich alle bei ihren Familien waren. Und zwar wirklich alle. Sogar die Freunde von mir, die sonst auch nie zuhause sein wollten und immer Zeit hatten, mit mir um den Block zu ziehen und irgendwelchen Unsinn zu machen. Aber an Weihnachten hatte niemand Zeit und Papa war besoffen und da hab ich gemerkt, dass Weihnachten nicht das Fest der Liebe, sondern das Fest der Einsamkeit ist.

Später dann, mit Matteo und den Puppen, war Weihnachten immer eine karge Zeit, wir hatten zwar hier und da Vorstellungen, aber insgesamt war immer wenig Geld zur Hand, aber wir haben es uns dennoch gemütlich gemacht in unserem Wagen. Wir haben Radio gehört und uns Bücher vorgelesen. Wir haben den

Puppen neue Kleider genäht und Fäden erneuert und uns neue kurze Stücke ausgedacht, die wir im Frühling und Sommer dann auf den Plätzen in Europas Städten aufführen wollten. Kaum denk ich an Matteo, wird mir noch trübsinniger zumute... Was er wohl grade macht? Ob er mich nie vermisst? Er hat mir nie gemailt oder mich angerufen. Er ist einfach so davon gefahren und hat mich hier zurück gelassen. Ich glaube, das wird mich den Rest meines Lebens an mir zweifeln lassen. Irgendwas muss seltsam an mir sein, sonst hätte er mich doch nicht einfach so aus seinem Leben entfernt...

Ich schaue zur Eisprinzessin am Fenster. Ich hole sie. Laufe mit ihr durchs Zimmer und lasse sie ein wenig tanzen. Aber tanzen ohne Musik, ist wie lesen ohne Buchstaben. Töne, die man nicht hört, muss man fühlen und ein Gedicht, das nirgends steht, muss man sich ausdenken. Aber ich merke, das in mir kein Ton und Gedicht ist. Ich hänge die Eisprinzessin also wieder an ihren Platz am Fenster. Draußen scheint die Sonne. Zum ersten Mal seit langem.

Ich verpacke die Murmeln, stopfe sie in meine Tasche und mach mich auf den Weg zum Heim. Diesmal will ich unbedingt vorher noch bei Rosalind und Frau Zimmermann vorbeischauen.

Draußen glitzert der Schneematsch der Sonne entgegen. Zumindest da, wo noch mehr Schnee als Matsch ist. Ich atme die feuchte Luft ein und versuche mich frisch zu fühlen. Frisch und irgendwie festlich. Aber es gelingt mir nur halb.

Als ich im Heim ankomme, drückt mich Mazlum an sich. «Miiiilaaa! So schön dich endlich mal wieder zu sehen! Warum kommst du erst jetzt? Du hättest längst mal hier vorbeikommen können! Du fehlst mir hier so!» Er will mich gar nicht mehr loslassen. Das finde ich schön. Ich wurde schon so lange nicht mehr in den Arm genommen. Wir unterhalten uns eine Weile. Im Frühstückssaal findet eine Weihnachtsfeier statt. Ein Kinderchor singt und die Alten hocken drumrum.

«Ist die Heckmann da?» frag ich vorsichtig.

«Kein bisschen. Die hat sich schon vorgestern in den Weihnachtsurlaub verabschiedet. So christlich wie die ist, feiert die doch ihr Weihnachten nicht hier mit den fremden Alten, sondern im engsten Familienkreis!»

Mazlum grinst über beide Backen.

«Wo ist Rosalind?»

«Na, in ihrem Zimmer. Die ist ganz durcheinander seit gestern, weil es ja aufgehört hat zu schneien. Sie wollte nicht zur Feier kommen. Gehst du zu ihr?»

Ich nicke und gehe zu Zimmer Nummer zwei. Rosalind Pollok. Das Namensschild ist noch immer da, mit der provisorischen Handschrift. Ein ordentlich gedrucktes Schild fehlt. Ich klopfe und öffne wenig später die Tür. Es riecht vertraut. Rosalind steht am offenen Fenster und wirft ihre Socken raus.

«Rosalind, was machen Sie denn da?»

«Hühner füttern» sagt sie, ohne sich nach mir umzudrehen und greift nach der nächsten Socke, die sie in einer Kiste auf dem Sitz ihres Rollators stehen hat.

«Und? Schmeckt es den Hühnern?»

«Nein.»

«Wollen wir dann vielleicht lieber einen Saft zusammen trinken?»

Jetzt dreht sie den Kopf zu mir. Sie lächelt und sagt: «Ich will einen Sonnenuntergang gucken!»

Mist. Ich habe mein Laptop nicht mit. Ich zucke mit den Schultern: «Der Sonnenuntergang ist heute leider kaputt.»

Sie macht ein enttäuschtes Gesicht: «wie die Hühner...», sagt sie, «...die sind auch kaputt, fressen seit Tagen nicht mehr anständig. Kommt der Anton heute?»

«Später. Er muss noch arbeiten.» Ich schiebe sie zum Tisch und gieße uns zwei Becher Orangensaft ein. Sie setzt sich hin und mustert mich. Ich erzähle ihr, dass ich heute Murmeln einkaufen war. Und dass bald Frühling ist. Und dass dann Blumen blühen auf der Wiese im Garten und dass ich dann komme und mit ihr einen Kranz aus Gänseblümchen stecken werde.

Sie schaut mich an, lächelt zwischendurch und sagt schließlich: «Können wir jetzt den Sonnenuntergang gucken?»

Als der Chor im Saal verstummt verabschiede ich mich von Rosalind und gehe rüber und suche Frau Zimmermann. Das Durchkommen ist schwierig, die

Kinder stürmen raus, und die Älteren, die sich an mich erinnern, schütteln mir die Hand und sagen ein paar Worte. Schließlich finde ich Frau Zimmermann im Rollstuhl am Fenster. Sie hat einen Sauerstoffschlauch unter der Nase und sieht sehr angestrengt aus. Ich lauf zu ihr und nehme sie vorsichtig in den Arm. Sie sieht noch dicker aus als sonst. Wassereinlagerungen. Ich frage sie, wie es ihr geht. «Nicht gut, nicht gut», jammert sie, «wegen mangelnder Erfolgsaussichten bezahlt mir die Krankenkasse keine weitere Therapie. Ich habe schon zweimal eine Therapie gehabt und die Krankenkasse sagt, das reicht». Sie keucht, holt tief Luft und fährt dann fort: «Die denken wohl, dass man dann besser sterben soll, wegen der Kosten. Dummerweise bin ich ja noch nicht so alt, dass ich schon sterben will... ich denk immer, ich hab vielleicht doch noch ne Chance auf ein ganz normales Leben... vielleicht, wenn man lang genug kämpft, gibt der Tumor doch noch Ruhe!»

Mir schnürt es die Kehle zu... ich fass es nicht, dass die Krankenkasse einen einfach aufgibt, wegen der Kosten. Wie schrecklich muss es sein zu hören, dass es sich nicht lohnt, fürs eigene Leben zu kämpfen... dass da keiner mitmachen und helfen will...Ich weiß gar nicht, was ich ihr sagen soll. Ich drücke ihre Hand. «Aber die Kinder haben so schön gesungen grade, haben Sie das gehört?» Ich nicke. «Meine Tochter holt mich heut Abend ab. Dann feiern wir bei ihr zuhause und dann bringt sie mich wieder her. Sie hat sogar eine Weißtanne besorgt, obwohl die doch so teuer sind. Extra für mich... Leider hat der Mazlum heute keine Spätschicht. Wenn die Schwester Monika da ist, dann trau ich mich immer gar nicht nochmal zu klingeln wegen dem Klo. Aber heut kann ich vielleicht nochmal bei meiner Tochter gehen...» schnauft sie. Ich streichle ihr über die Hand: «Vielleicht kann man ja noch was machen mit der Krankenkasse. Einspruch einlegen oder so..» Sie schüttelt so heftig den Kopf, dass ihr beinah der Sauerstoffschlauch aus der Nase rutscht.

«Der Herr Jakob hat das auch schon angeboten, er hat gesagt, das kriegt man eventuell durch, aber es dauert dann solang, dass es mir nix mehr nutzt und mir vorher nur die restliche Zeit verdirbt, hat er gesagt. Ein netter Mann, der Herr Jakob. Aber recht hat er. Ich hoff jetzt einfach auf ein Wunder.»

«Wunder sind eine sehr notwendige Sache» bestätige ich ihr. «Und sie kommen manchmal durch die Hintertür, wenn man überhaupt nicht damit rechnet», sag ich und würde mich am liebsten ohrfeigen für diese feige Lüge. Wunder kommen nie. Sie finden den Weg nicht, können die Adresse nicht lesen, weil jemand, der auf Wunder wartet, immer eine unleserliche Handschrift hat. Wer auf Wunder angewiesen ist, der zittert nämlich. Wunder sind gemein. Sie lassen auf sich warten. Sie nähren die Hoffnung, und die ist noch viel fieser, weil sie meistens enttäuscht... Aber Frau Zimmermann lächelt mich an und sagt: «So ist es!»

Als Mazlum anfängt, die Tische fürs Abendessen zu decken, steht Herr Jakob an der Tür. Er winkt mich zu sich. Ich verabschiede mich von Frau Zimmermann. Sie wünscht mir schöne Weihnachten. Und ein gutes neues Jahr. Ich wünsche ihr ein gesundes Silvester, verabschiede mich von Mazlum, der mich mahnt, mich hier öfter mal blicken zu lassen oder wenigstens mal wieder was mit ihm trinken zu gehen, und dann bin ich bei Herrn Jakob.

Er sieht unglaublich elegant aus. Er trägt eine dunkle Satinjacke, ein weißes Hemd mit einem Tuch in der Brusttasche und eine rote Fliege. Darüber seinen guten Mantel. In der rechten Hand hält er seinen Stock und in der linken eine Baumwolltragetasche, die das Ensemble optisch ein wenig stört. Aber mit mir daneben passt die Tasche schon wieder. Ich nehme seinen Arm an, als er ihn mir anbietet und gemeinsam schreiten wir zum Grand-Europe-Hotel. Dort werden wir an einen Tisch geleitet, man nimmt uns die Mäntel ab und schiebt uns die Stühle untern Hintern. Ich war noch nie so fein essen. Und ich bin völlig falsch angezogen. Ich hab zwar mein bestes schwarzes Kleid an, aber selbst im Vergleich zu den Kellnerklamotten wirkt es schäbig. Weiter hinten im Saal ist noch ein junger Mann, der eher schnoddrig gekleidet ist. Aber man sieht seinem Gesicht an, dass er garantiert zuhauf passende Anzüge zuhause in seinem Schrank hängen hat und hier nur mal den Laden optisch aufmischen will. Ich schaue mir den Typen genauer an. Er flegelt sich auf dem Stuhl, hat ein Bein lässig seitlich über die Armlehne gehängt und schaut gelangweilt auf die Tischdecke. Ich frage mich, warum man manchen Menschen den Reichtum im Gesicht ablesen kann. Es ist nicht das erste Mal, dass mir das auffällt. Reichtum sieht man im Gesicht. Und weil mein Gesicht grade wahrscheinlich eher unsicher guckt, kann auch jeder sehen, dass ich hier nicht her gehöre. Es ist also garnicht nur mein Kleid. Es ist mein Gesicht...

Herr Jakob verscheucht meine Grübeleien, indem er Wein ordert und munter drauflos plaudert. Er erzählt von einer Weihnachtsüberraschung, die er als Kind bekam. Ein großes rotes Metalltretauto, um das ihn alle beneideten und das er gleich am nächsten Tag versenkt hat, weil er damit über einen zugefrorenen Teich fahren wollte. Er brach samt Auto ein und während man ihn noch rausziehen konnte, versank das tolle rote Gefährt im Eiswasser. Er lacht. Ich stelle mir das gar nicht lustig vor, aber seine gute Laune steckt mich trotzdem an. Dann schimpft er über die Kirche und redet davon, wie verlogen es doch sei, dass die Leute an Weihnachten in die Kirchen strömten. Mittlerweile bin ich ein bisschen betrunken, denn der Wein, den uns der Kellner eingegossen hat, tut seine Wirkung. Wir haben ein Drei-Gänge-Menu und ich esse Dinge, deren Namen ich mir nicht merken kann und die eigentlich auch so aussehen, als sollte man sie besser nicht essen, sondern fotografieren. Aber es ist aufregend und das Besteck glitzert silbern und auf dem Dessert liegt ein bisschen Gold. Echtes Gold.

Als das Dessert abgetragen wird, holt Herr Jakob zwei Geschenke aus seiner Baumwolltasche. Eine Rolle, die mit rosafarbenem Blumenpapier eingewickelt ist und ein größeres Paket, dessen Papier mit bunten Weihnachtskugeln bedruckt ist. Ich bin kurz schockiert. Hat er mir zwei Geschenke mitgebracht? - Er hat. Er überreicht sie mir und sagt: «Das ist für Sie, Mila. Mazlum hat mir geholfen, die Sachen zu besorgen. Und ich bin mit der Auswahl sehr zufrieden. Öffnen Sie bitte zunächst die Rolle!»

Ich versuche das Papier sorgfältig aufzumachen, aber natürlich reißt es ein. Dann öffne ich den oberen Rand der Rolle und ziehe ein Plakat heraus. Ein Kunstdruck. Es ist das Selbstportrait mit Schal von Zinaida Serebriakova. Also das nicht fertig gemalte Ich.

«So sollten Sie immer lächeln. Wie auf dem Bild. Das wünsch ich Ihnen. Verstehen Sie?» sagt er, greift in seine Brusttasche und zieht sein Spray raus. Er nimmt einen Hub und atmet langsam wieder aus.

«Sollen wir mal ein bisschen an die frische Luft gehen?» frag ich ihn besorgt.

«Nein, Sie sollen jetzt das andere Geschenk öffnen!»

Ich setze erst an das zu tun, da fällt mir ein, dass ich ja noch seine Murmeln in meiner Tasche habe. Ich hol das Päckchen raus und leg es vor ihn auf den Tisch: «Ich hab auch was für Sie. Es ist nur was Kleines, aber Sie werden es vielleicht hoffentlich trotzdem mögen.»

Er öffnet das Päckchen und sieht begeistert aus: «Mila, was für eine nette Idee! Wie lange hab ich nicht mehr gemurmelt!»

Ich öffne sein zweites Paket. Das mit den Weihnachtskugeln drauf. Schon als ich das Papier ab habe und den Karton drunter sehe, ahne ich, was es ist. Kunstpuppenwerkstatt Deumelhausen steht drauf. Ich hebe den Deckel hoch und schaue in das hölzerne Gesicht einer Marionette. Ein Uhrmacher. «Gefällt er Ihnen?» fragt Herr Jakob ungeduldig, «das soll ein Uhrmacher sein! Den hab ich für Sie mit Mazlum zusammen ausgesucht, weil ich fand, dass er sehr gut zu ihrer Eisprinzessin passt. Und außerdem ist es immer gut, wenn man jemanden hat, der aufpasst, dass man seine Zeit nicht vergeudet, verstehen Sie?». Ich nicke. Vorsichtig ziehe ich den Uhrmacher aus der Kiste. Er hat ein liebes Gesicht. Mit einer schönen Drahtbrille und großen blauen wässrigen Augen. So müssen Uhrmacheraugen aussehen, weil sie ja die ganzen kleinen Rädchen in einer Uhr im Auge behalten müssen. Deshalb muss das Auge so endlos wässrig blau sein wie das Meer. So wie bei diesem Uhrmacher hier. In der rechten Hand hält er eine Taschenuhr, die mit einer Kette mit seiner Hose verbunden ist. Er trägt ein kariertes Hemd, darüber eine braune Juppe. Ich bin sofort verliebt in die Puppe. Ganz berauscht will mich grade bedanken, da sagt Herr Jakob: «Ich muss Ihnen übrigens zum ersten Januar kündigen.»

§ 31

Hare Krishna Hare Krishna Krishna Krishna Hare Hare... tönt es vom Marktplatz her. Und dann sieht man sie auch schon. Im zarten Apricot-Ton tanzen die Vishnuiten musizierend an der großen Melanchthonkirche vorbei. An den Straßenrändern liegen noch Schneereste, aber das meiste ist in der Nacht von Heiligabend auf den ersten Weihnachtsfeiertag weggetaut. Hare Rama Hare Rama Rama Rama Hare Hare singen sie weiter, während sie an dem großen Weihnachtsbaum vorbeiziehen, der vor der Kirche aufgestellt wurde. Wie schön muss es sein, wenn man gläubig ist und alles seinen Sinn und seine Ordnung hat und wenn einem dieser Apricot-Ton so gut steht und sich ganz malerisch von dem Grün der Tanne abhebt... ich schlendere zum Altenheim. Schlendere, weil ich viel zu früh bin. Ich kann seit Heiligabend nicht mehr klar denken. Weil mir Herr Jakob gekündigt hat und ich es nicht verstehe. Ich war so geschockt an dem Abend, dass ich nicht mal ein Warum? rausgebracht habe. Das werd ich aber heute nachholen. Vielleicht kann ich ihn ja auch überzeugen, mich zu behalten. Warum will mich eigentlich keiner behalten? Offenbar bin ich immer nur eine Weile interessant... oder vielleicht nicht mal das. Vielleicht bin ich einfach nur ein praktischer Lückenfüller. Herr Jakob wird sich jemand anderen gesucht haben, vielleicht einen Studenten, mit dem er gute Fachgespräche führen kann... oder einen professionellen Begleitservice. Und für abends eine Escortdame... ich schwanke zwischen Wut und Ratlosigkeit. Warum hab ich aber auch nicht nachgefragt. Warum hat er von sich aus nichts weiter erklärt? Man kann doch nicht einfach jemanden entlassen, ohne Begründung... Wie soll man so was verstehen? Und warum hat er mir dann so teure Geschenke gemacht? Ich versteh das alles nicht. Ich laufe quer über den Platz. Am Rand, auf einem der Schneeberge steht ein Schneemann, vielmehr,- die Reste eines Schneemanns. Ein Schneemanngerippe, teils schon durchsichtig, teils schmutzig. Der klägliche Rest einer einst großen, runden, weißen Figur. Ein trauriges Übrigbleibsel der weißen Pracht. Und noch während ich gucke, fällt der linke Arm ab und wird zu einem weiteren kleinen Matschhügel im schmutzigen Grau. Ich biege in die Einkaufsstraße ein. Heute sind noch alle Läden geschlossen, aber viele Menschen bummeln an den weihnachtlichen Schaufenstern vorbei.

Faris. Das könnte Faris sein. Groß, hager, die dunklen Haare und diese unsicheren Bewegungen. Einen kurzen Moment denk ich tatsächlich, es könnte alles nur ein Irrtum gewesen sein, und dieser Faris da vorne dreht sich gleich zu mir um und sagt Hallo Mila. Sagt er aber nicht. Dreht sich auch nicht um. Läuft in der gleichen staksigen Art wie Faris einfach weiter durch die Massen. Ich starre ihm nach. Diesem anderen Faris. Und dann fühl ich wieder diesen Stein in der Magengegend.

Ein Stein namens Leben.

Warum läuft in meinem Leben eigentlich immer alles schief? So was erleben andere Leute doch gar nicht erst.

Während ich in meinem Selbstmitleid vergehe, tragen mich meine Füße zum Altenheim. Herr Jakob steht schon vor der Tür. Und ein Taxi.

Er winkt mich ungeduldig zu sich und wir setzen uns in den Wagen. «Wohin gehts denn?» frag ich.

«Zum Messplatz bitte!» sagt Herr Jakob zum Taxifahrer und blickt sich nicht zu mir nach hinten um. Wir fahren schweigend zum Messplatz. Da steht ein großes Zirkuszelt. Herr Jakob zahlt, gibt wieder ein großzügiges Trinkgeld und wendet sich mir erstmals zu: «Das ist der Weihnachtszirkus. Ich dachte, wir sehen uns mal eine Vorstellung an» Ich nicke, bin aber verärgert, weil wir so nicht reden können. Ich will endlich wissen, wieso er mich nicht weiter beschäftigen will. Aber er macht keinerlei Anstalten etwas zu erklären.

Wir kaufen eine Tüte Popcorn und setzen uns in die Loge. Herr Jakob ignoriert meine schlechte Laune. Er plaudert mal wieder drauf los. Erzählt von seinem ersten Besuch im Zirkus. «Damals war das alles noch schwarz-weiß» sagt er und kichert lange über seinen Witz. Er erzählt vom Mundgeruch der Löwen, den schönen Kostümen und den herrlichen Klowns. Das ist so bei ihm. Er kann einfach ausblenden was war und so weitermachen, als wär nichts passiert. Ich weiß nicht, ob ich das bewundern soll. Es ist jedenfalls ganz sicher eine Kunst.

Ich war bisher zweimal im Zirkus. Einmal mit meiner Familie, als ich noch ganz klein war, aber da hab ich kaum Erinnerungen dran. Das zweite Mal mit Matteo in Tschechien. In Děčín glaub ich, es war jedenfalls nicht Prag. Egal. Jedenfalls hatten Matteo und ich gut verdient in den Tagen vorher und uns zwei Karten Sperrsitz gegönnt. Es war aufregend und schön und wir waren danach sehr inspiriert und heckten tagelang neue Showeffekte für unser Marionettentheater aus. Matteo hat sich neue Musik besorgt und die Eisprinzessin wurde kurzerhand zur Seiltänzerin umfunktioniert. Ich habe ihr Kleid hochgenäht, wir haben ihr einen langen Stab an den Händen befestigt und sie noch zusätzlich eingeglitzert. Aber am Ende des Sommers haben wir sie wieder zurückverwandelt. Im Herbst laufen romantische Wintermärchen einfach besser beim Publikum.

Plötzlich wird es dunkel. Ein Spotlight zielt auf den roten Vorhang und dann donnert die Musik los und der Zirkusdirektor erscheint in der Manege.

«Hooochverährtes Publikuuuum...» beginnt er seine Rede - und dann beginnt die Show. Die Akrobaten auf dem Todesrad, die Ballerina am Trapez, der Clown mit dem kleinen Hund, der als Elefant verkleidet ist, ein Mann, der mit Feuer jongliert und eine Frau, die mit Reifen tanzend auf einem Kamel reitet und all die anderen feinen Darbietungen.

Am Ende der Vorstellung, das Popcorn ist leer und die meisten Leute sind bereits aus dem Zelt gegangen, fangen wir das Reden an.

Mitten in der Loge.

Ich sage ihm, dass ich nicht verstehe, wieso er mir kündigt, und dass ich eigentlich gerne bei ihm bleiben würde. Und er sagt, dass die Vorstellung doch berauschend war. Ich sage, dass er mir nicht ausweichen soll und dass ich jetzt wissen will, warum er mich loshaben will. Und er sagt, dass das Popcorn schwer in seinem Magen liegt und er jetzt erstmal an die frische Luft möchte.

Also gehen wir hinaus.

Draußen betätigt er erstmal sein Spray. Die letzten Zuschauer strömen an uns vorbei, die Kinder haben

Leuchtstäbe in der Hand und glückliche Augen. «Lassen Sie uns ein Stückchen gehen!» schlägt Herr Jakob schließlich vor. Es ist stockdunkel auf dem Feldweg, den er einschlägt. Die Lichter der Stadt leuchten in der Ferne. Im Dunkeln ist alles immer viel weiter weg und viel näher dran zugleich. Die Nacht ist ein gemütlicher Ort und ein feindseliger zugleich. Man kann sich im Dunklen verstecken und fürchten. Und manchmal beides zusammen. Nach einer Weile hebt Herr Jakob seinen Stock und zeigt auf den Himmel: «Da! Sehen Sie? Da ist er. Der kleine Bär. Und um ihn herum der Drache. Kennen Sie sich aus mit Sternen?» Ich schaue nach oben und versuche, einen Bären und einen Drachen zu erkennen. Aber ich seh nur viele verschieden helle Sterne. Einer davon ist meine Mutter und einer mein Bruder. Das hat mir mein Vater mal gesagt und das fand ich schlimm. Ich wollte nicht, dass David und Mama da oben hängen und rumleuchten. Jetzt wäre Faris auch ein Stern, wenn mein Vater Recht hätte. Und er würde da oben sitzen und rechnen, wieviele Lichtjahre alles dauert bis es vorbei ist...

«Sie müssen weiter nach rechts sehen!» korrigiert Herr Jakob meinen Blick und schwenkt seinen Stock kreisförmig um seinen Bären. Oder seinen Drachen. So genau kann ich es nicht erahnen. Aber ich will es auch nicht so genau wissen.

«Warum wollen Sie mich nicht mehr bei sich arbeiten lassen?» frag ich, weil mich das mehr interessiert als die Sterne. Er lässt seinen Stock niedersinken, seufzt und geht ein paar Schritte weiter: «Das hat doch mit Ihnen nichts zu tun, Liebes! Wie kann man nur so voller Selbstzweifel sein?»

«Womit denn dann?»

«Na mit mir natürlich. Verstehen Sie?»

«Nein.»

«Ich gehe zurück nach München.»

«Und wieso?»

«Weil ich es vermisse. Ich vermisse München. Außerdem bin ich ja nur hier her gekommen, um meinen Sohn zu ärgern und weil ich eben hier sofort ein freies Zimmer bekommen habe. Aber ich will doch nicht hier bleiben und bei dieser Heckmann verrecken. Wo denken Sie hin? Ich war auf der Warteliste für eine

Seniorenresidenz in München. Und nun ist eben ein Zimmer frei geworden»

«Aber ich dachte... Sie wollten doch so weit weg sein von Ihrem Sohn? Und... wer wird sich dort um Sie kümmern?»

Eigentlich will ich sagen Nehmen Sie mich mit, aber das trau ich mich nicht.

«Das ist alles längst geregelt. Und Sie haben ja nun zwei Puppen. Eine gute Basis, wieder was damit anzufangen, oder?»

Er wendet abrupt und geht zurück Richtung Zirkuszelt. «Wir sollten uns beeilen. Sonst sind alle Taxis weg!»

§ 32

«Hallooo?» Manuel poltert zur Tür rein. Ich hänge die Eisprinzessin und den Uhrmacher ans Fenster zurück und geh raus in den Flur. Manuel ist nicht allein. Er hat fünf Leute dabei. Vier Typen und eine Frau, die aber aussieht wie ein Mann. Sie ist groß, breit, dick und hat ein Gesicht, dem man erst beim zweiten Hinschauen ansieht, dass es doch zu einer Frau gehört. Sie mustert mich. «Das sind Cecile und Konrad, die übernehmen die Zimmer von Faris und Lisa.» sagt Manuel und deutet auf die Gruppe. Wer Cecile ist, ist mir klar, obwohl ich es selten erlebt habe, dass der Name und die Person so weit auseinander klaffen wie bei ihr. Wer von den vier Typen nun Konrad sein soll, wird nicht klar. Ich schaue sie mir an und hoffe, dass der kleine Schmächtige mit dem unsicheren Gesichtsausdruck Konrad ist. Zu ihm passt der Name jedenfalls am meisten. Aber es stellt sich raus, dass er es nicht ist. Denn der blonde große Hüne, der in Lisas Zimmer verschwindet, ruft ihn zu sich. Und zwar mit Dennis. Dennis zieht hier also nicht ein. Schade. Der ist der Einzige, mit einem netten Gesicht. Aber Dennis hat zu tun. Er trägt mit den anderen Kartons und Koffer in die Zimmer. Cecile nickt mir zu und rennt dann ebenfalls wieder die Treppen runter. Sie wird Faris Zimmer beziehen. Manuel kommt zu mir. «Wirst sehen, die sind voll ok!»

Ich finde gar nichts ok.

Ich finde es nicht ok, dass Lisa weg und Faris tot ist.

Ich finde es nicht ok, dass ihre Zimmer jetzt anderen gehören sollen. Schon gar nicht, wenn es solche Leute sind.

Ich finde es nicht ok, dass Manuel mich nicht vorher fragt, auch wenn es seine Wohnung ist...

ich finde das alles nicht ok...

kein bisschen nicht ok.

RUMMSSS.. KLIRR - Irgendwas war auf den Boden gefallen und zersplittert. Ich renne in den Flur. Es riecht erbärmlich nach Alkohol. Cecile ist ein Plastikwäschekorb auseinander gebrochen. Der Boden ist über und über mit Glasscherben übersät und es riecht intensiv nach Wodka.

Gorbatschow und Pushkin liegen zerbrochen in ihrem eigenen Saft... Ich eile in die Küche und hole einen Eimer und Putzzeug. Gemeinsam wischen wir alles auf. Die Jungs schleppen derweil weiter Kisten und Taschen rein. Sie klettern über uns drüber, quetschen sich an uns vorbei und jammern über das verschwendete Gesöff.

Mitten in dem Trubel klingelt das Telefon. Es ist Mazlum: «Wollen wir uns mal treffen?»

§ 33

Mazlum holt mich gegen sieben ab. Er klingelt kurz und ich komm runter. Es schneit wieder. Mazlum steht an der Wand angelehnt und lächelt mich an. Ich freue mich riesig, ihn zu sehen. So ungefähr muss es sein, wenn man normal lebt. Man trifft sich abends mit Freunden und freut sich, einander zu sehen. So muss das sein. Mazlum spannt einen riesigen Schirm auf und fragt: «Billard?»

Na klar, Billard! Was sonst? :-)

Ich hake mich ganz altmodisch bei ihm ein und wir laufen Richtung Oststadt. Dort ist ein Bistro mit mehreren Billardtischen, guter Musik und annehmbaren Preisen. Wir sind früh genug, um noch einen Tisch zu kriegen. Wir belegen einen Tisch, reiben die Queues ein und legen los. Er stößt an. Und hat die halben Kugeln. Mazlum sieht heute ungeheuer niedlich aus. Er hat ein Hemd an und darüber eine schwarze Weste. Mit seinem kleinen Bauch, seinen schwarzen Löckchen und dieser Weste sieht er ein bisschen aus wie ein türkischer Indianer, der sich aus Versehen als Cowboy verkleidet hat. Ich bestelle mir ein Bier und trinke es in drei Zügen weg. Ich bestelle mir noch eins. Ich will heute nicht grübeln. Nicht eine Sekunde. Ich will Spaß. Mazlum stupst mich mit seinem Queue an. «Nicht träumen, Mila! Spielen!»

Spielen!

Ich ziele auf rot und treff die Kugel perfekt, so dass sie dass sie im Loch verschwindet... dummerweise die weiße Spielerkugel mit ihr. «Tja», feixt Mazlum, «das müssen wir wohl noch etwas üben!» Und er setzt einen gezielten Schuss über mehrere Banden an, der mich sprachlos macht. Der kann richtig gut spielen. Der Fiesling. Das hat er nicht gesagt. Mein Ehrgeiz ist geweckt. Wir werden ja sehen, wer hier noch gewinnt...

Zwei Stunden später steht fest, wer gewonnen hat. Mazlum. Und beim nächsten Mal auch Mazlum und auch beim dritten Mal: Mazlum. Wir geben die

Queues an die nächsten Leute weiter und verlassen das Bistro. Zum Glück schneit es nicht mehr. Die Nachtluft ist eiskalt und es ist einigermaßen glatt. Er zieht mich auf, sagt mir, dass ich echt eine peinliche Show abgeliefert habe und erklärt mir, er würde mir gegen ein geringes Entgelt ein bisschen Nachhilfe im Billard geben. Daraufhin verprügel ich ihn mit seinem Schirm. Er rutscht aus, hält sich am Schirm fest, reißt mich mit hinab. So liegen wir beide auf der Straße und lachen und lachen. Solange, bis wir uns küssen. Das ist besser. Es wärmt die Lippen und eigentlich wollten wir das schon die ganze Zeit tun. Er steht auf und zieht mich zu sich hoch. Wir küssen uns weiter. Seine Lippen sind breit und warm. Er drückt mich an sich. «Darf ich dich ins Bett bringen?» fragt er. Er darf. Ich habe drei Biere getrunken und drei Spiele verloren. Und ich hab schon dreimal völlig verliebt in sein Gesicht geglotzt. Er darf jetzt alles mit mir machen. Und er macht auch alles mit mir. Kaum sind wir bei mir, zieht er uns aus und legt mich aufs Bett. Er tut es und ich lass es geschehen... nicht weil ich nicht will, sondern weil ich wissen will, wie er es macht, wenn ich ihn nicht störe. Er dringt hart ein und spielt dann den Sanften. Er verkriecht sich immer tiefer in mich hinein. Küsst meine geschlossenen Lider und hält mich dabei fest, als habe er Angst, ich könne plötzlich aufstehen und gehen... danach streichelt er mein Haar. Und sagt nichts dazu. Nicht, wie es sich anfühlt und auch sonst nichts. Und das ist ein bisschen sehr schlimm arg schön, weil ich dann auch nichts sagen muss.

§ 34

Der erste Morgen danach ist ja normalerweise komisch.

Bei uns ist nix komisch.

Außer vielleicht seine Handymelodie, mit der wir geweckt werden. Es ist die deutsche Nationalhymne.

«Die Melodie ist nicht dein Ernst, oder?» ich starre ihn an und er lacht. Ich liebe Menschen, die morgens schon lachen, obwohl sie noch müde sind. Mein Bruder David hatte morgens auch immer beste Laune und hat alle angesteckt, obwohl meine Eltern eher Eulen als Lerchen waren. Aber David wachte auf und lachte... vielleicht lachte er auch zuerst und ist dann daran aufgewacht, jedenfalls war er nie griesgrämig oder schlecht gelaunt... es gibt wenige Menschen, die morgens schon gute Laune haben...

Mazlum hat.

Und Mazlum hat Grübchen tief wie der Ozean und wenn man da rein schaut, dann muss man zurück lächeln. «Die Melodie ist super. -Mein Wecker, mein Klingelton und für sms!» Er zieht sich die Socken über. «Du solltest mal sehen, wie die Leute immer irritiert gucken, wenn bei einem dunklen Kloß wie mir die Nationalhymne dudelt. Ich glaub, dass wenn diese stolze Melodie bei mir in diesem kleinen Düddelkästchen so tüddelig losdudelt, dann, also...das verkraften die Leute nicht. Die fühlen sich völlig verarscht!»

«Zu Recht, oder?»

«Aber nicht doch!»

Wieder lacht er breit. «Schau mal», sagt er und dreht den Saum seiner Hose um, «den hab ich gestern nachmittag noch extra umgenäht, damit ich schick für dich bin! Die Hose war nämlich zu lang» Ich schaue auf eine wacklig wellige Hosenbeinnaht. Dieser Mann ist echt rührend. Ich weiß trotzdem nicht, was ich dazu sagen soll. Hosennähte sind mir eigentlich ziemlich egal... Also lächle ich. Das hilft fast immer in solchen Situationen. Er zieht sich die Hose an und sucht nach seinem Shirt. Ich beobachte ihn. Sein Bauch wackelt ein bisschen beim gehen, und die kleinen Härchen, die verteilt darauf wachsen, kringeln sich ebenso wie seine kleinen Löckchen am Kopf. Er findet sein Shirt und zieht es sich übern Kopf. Dann nimmt er seinen Strickpulli und zieht ihn auch an. Es ist Winter. Es dauert sehr lange, bis man angezogen ist. Man hat viel zum Gucken. Es ist wie Striptease im Rückwärtsgang. Und es macht einen genauso an...

Als er wieder angezogen ist, merk ich, dass ich ihn nackt viel schöner finde. Deshalb zieh ich ihn wieder aus. Erst sieht er mich etwas ungläubig an, als ich aufstehe und ihm den Pulli wieder übern Kopf ziehe, aber dann hilft er mir... Wir landen wieder im Bett. Diesmal bin ich diejenige, die ihm zeigt, wie es geht, wenn er sich mir hingibt. Er findet es schön. Ich finde es schön. Wir finden es schön. Wir finden uns schön.

Und die Schönheit findet uns zwischen den Kissen.

Wir liegen noch ermattet da, als seine Nationalhymne wieder bimmelt. «Der deutsche Staat hat offenbar was gegen unsere jüdisch-türkische Liaison, Mazlum!» sag ich und er stellt sein Handy aus: «Ich find Rassenschande super!» Er kuschelt sich an mich und schaut zum Fenster. In der warmen Heizungsluft tanzen die Puppen wieder. Die Eisprinzessin dreht sich nach links und der Uhrmacher wackelt mit seinem Fuß.

«Du hast mal als Puppenspielerin gearbeitet?»

«Ja.»

«Mit deinem früheren Freund, stimmt das?»

«Ja»

«Und Ihr seid in einem Wagen durch Europa gefahren?»

«Ja»

Woher weiß er das eigentlich?

«Herr Jakob hat mir das erzählt. Weil er doch wollte, dass ich den Uhrmacher besorge. Ich hab ihn abgeholt, nachdem wir gemeinsam das Prospekt durchgeguckt haben. Ich fand den Uhrmacher gut. Ich finde, es wird Zeit für einen Mann in deinem Leben.» feixt er und fährt dann fort: «Ich find das ziemlich spannend. Magst du mir nicht davon erzählen?»

«Nein.»

Ich drehe ihm den Rücken zu und kuschle mich an seinen Bauch.

«Erzähl lieber du irgendwas von dir. Sonst hast du zuviel Vorsprung, wenn Herr Jakob, die olle Labertasche, schon so viel von mir ausgeplaudert hat...»

«Ok, und was willst du wissen?»

«Alles.»

Und dann erzählt er mir alles.

Also den Beginn von alles. Von sich. Und von seiner Familie. Er ist das dritte von vier Kindern. Sein Vater arbeitete in der Chemiefabrik seit den Siebziger Jahren, 1975 dann hat er seine Frau und seine beiden Kinder nachgeholt. Mazlum war der erste, der dann hier geboren wurde. Und dann sehr viel später sein kleiner Bruder. Der Nachzügler. Das Nesthäkchen. Der Kleine eben. Um ihn dreht sich die ganze Familie. Weil er der Erste ist, der aufs Gymnasium geht. Mazlum freut sich darüber wie über einen Lottogewinn. «Der wirds mal weit bringen, unser Binyamin!» Er erzählt davon, was seine großen Brüder machen. Cem, mit dem er sich eine Wohnung teilt, ist Chemielaborant (arbeitslos) und Mussa KFZ-Mechaniker (mit Arbeit) und dass er eben Altenpfleger geworden ist, weil er nicht auch in die Fabrik wollte. Er erzählt von seinen Eltern, davon, wie eingeschränkt sie leben und dass sie immer noch davon träumen, irgendwann einmal nach Antakya zurückzukehren. Er erzählt, dass er eigentlich gerne Schriftsteller geworden wäre, beginnt zu schwärmen von türkischen Dichtern wie Hikmet oder Akçam, und den deutschen wie Bertolt Brecht - aber er sagt, dass man dafür in Deutschland fehlerfrei deutsch schreiben können muss. Und sein Deutsch ist nicht fehlerfrei. Er hatte in Deutsch eine Fünf. Er sagt, er findet, dass Rechtschreibung aber eigentlich unwichtig ist für eine gute Geschichte. Vor allem, wenn man bedenkt, dass man Säte acuh lseen knan, wnen die Bcushatben vlöilg ducrihnaneder snid... Er sagt, eine gute Geschichte muss berühren, und nicht grammatikalisch korrekt sein. Aber in Deutschland, sagt er, bringen die Verlage die Bücher hauptsächlich für die Zeitungsrezensenten raus. Die normalen Leute lesen gar nicht. Dabei seien gerade Gedichte doch etwas sehr Schönes. Sagt Mazlum.

Ich frage ihn, warum er es dann nicht einfach trotzdem versucht, das Schriftsteller-Sein und er sagt, dass er sich nicht traut. Man muss mutig sein, um eine Abfuhr zu ertragen, sagt er. Und dann küsst er mich. Da hat er offenbar keine Angst vor einer Abfuhr. Wahrscheinlich weiß er, dass Küsse mit Grammatikfehlern süßer sind als andere.

§ 35

Erst als Mazlum weg ist, fällt mir auf, dass die Wohnung heute nicht leer ist. Die neuen Mitbewohner sind da. Sind eingezogen und stehen ganz selbstverständlich mit ihren Freunden in der Küche und machen Frühstück. Sie mustern Mazlum, als er geht und mich, als ich in die Küche komme. «Süßer Typ, der Dicke» sagt Cecile und drückt mir eine Tasse Kaffee in die

Hand. Kaffee am Morgen. Das ist ja fast, wie als Lisa noch da war. Nur, dass jetzt eben ganz viele in der Küche sind. Und die sehen alle nicht so nett aus. Aber man muss die Leute ja auch erstmal kennenlernen. Manuel sitzt auf der Bank und winkt mich zu sich. Ich setz mich neben ihn. Erst jetzt seh ich, dass er an einer Tüte bastelt. Er bröselt die letzten Stückchen in den Tabak, leckt die Papers und dreht ein Riesenteil. Er zündet es an, nimmt einen tiefen Zug und reicht es an mich weiter. «Zum Einstand von Cecile und Konrad!» sagt er und hebt seinen Kaffeebecher. Haschisch zum Frühstück ist eigentlich nicht meins, aber ich nehm brav einen Zug und geb die Tüte an Dennis weiter, der direkt neben mir am Regal lehnt. Er zieht hastig und gibt sie an Konrad weiter, der am Fensterbrett sitzt. Der zieht lange und intensiv und genau so hünig, wie er aussieht und ruft: «Auf die neue Ratzeburg!» Er nimmt einen weiteren Zug, bevor er die Tüte weiterreicht an die beiden Jungs, die gestern auch schon hier waren und von denen ich immer noch nicht weiß, wer sie eigentlich sind oder wie sie heißen. Schließlich landet der Joint bei Cecile, die nur kurz zieht und ihn dann wieder an Manuel weitergibt. Der zieht wieder und fragt dann: «Wollen wir zu Silvester ne Party machen? Was meint Ihr?» Und dann reden alle durcheinander. Ich trinke meinen Kaffee, der viel zu stark ist und versuche, nicht allzu grimmig zu gucken. Und dann geh ich mir selbst auf die Nerven. Warum kann ich nicht genauso locker flockig wie die anderen hier sein? Warum muss ich dauernd an Faris und Lisa denken und warum kommt mir das hier alles vor wie Betrug? Faris ist tot, - er hat nichts mehr davon, wenn ich mich fertig mache deswegen, und Lisa ist freiwillig abgehauen. Sie hätte ja auch hier bleiben können. Mit ihrem blöden Müsli. Das wäre doch definitiv besser als dieser Shit morgens... trotzdem. - Ich steh mir immer im Weg und keiner schiebt mich beiseite...

«Kannst du mal grad weggehen?» Cecile versucht an mir vorbei zu greifen, denn hinter mir im Regal steht der Aschenbecher. Ich beuge mich vor, lasse ihren Arm vorbei und sehe über meinem Kopf den Aschenbecher, der mit ihrer Hand zur Tischmitte strebt. Ich greife nach dem Joint, der eigentlich längst an mir vorbei war und sauge den Rauch tief ein. Ich lasse ihn solange in der Lunge bis es brennt und mir die Tränen in die Augen steigen. Jetzt hab ich eine Wirkung. Ich steh auf, schütte den Rest des Kaffees in die Spüle und geh in mein Zimmer. Ich schließe die Tür. Warum nur muss es nach so einer schönen Nacht, einen so kaputten Morgen geben? Was auch immer an schönen Gefühlen da war, die mir Mazlum gemacht hatte, jetzt ist alles wieder weg. Der Uhrmacher und die Eisprinzessin drehen mir den Rücken zu. Sie schauen hinaus, wo es grade mal weder schneit noch regnet. Wie ungewöhnlich. Einfach nur Luft ohne ein Schneegeflirre draußen... Die Leute in der Küche halten mich bestimmt für seltsam. Ich glaube, sie haben recht. Aber zum Glück fällt das hier nicht ganz so unangenehm auf, wenn man seltsam ist. Die sind nämlich auch alle seltsam. Ich lege mich ins Bett und versuche Reste von Mazlum zu riechen. Ich presse meine Nase ins Kopfkissen, dahin, wo seine schönen Locken lagen und zieh die Luft ein, fast so stark wie beim Joint vorhin. Aber ich kann Mazlum nicht in meinem Kissen riechen. Es riecht alles nach Shit. Wie eigentlich immer, wenn man das raucht. Komischer Stoff. Unglaublich penetrant in seinem Geruch..Ich hab plötzlich das Gefühl zu ersticken.

Frische Luft, ich brauch jetzt frische Luft.

Ich zieh mir was über, schnappe meine Tasche und flüchte. Ich fliege die Stockwerke förmlich runter und dann - steh ich draußen im matschigen Schnee und hole tief Luft. Es riecht nass und schmutzig. Aber es ist frische Luft. Es riecht nach Leben. Nach nasser Hoffnung. Es riecht einfach gut.

Ich fange an zu laufen und nach einer Weile merke ich, dass ich auf dem Weg zum Seniorenstift bin. Ich beschleunige meine Schritte. Mazlum. Ich werde Mazlum besuchen. Und die anderen. Vielleicht kann ich zu Rosalind. Ich renne beinah. Ziemlich außer Atem komme ich am Altenheim an. Aber vor der Tür verlässt mich der Mut. Was, wenn Mazlum es doof findet, dass ich ihm gleich hinterher renne? Was, wenn er es doof findet, wenn ich ihn bei der Arbeit besuche? Was, wenn die Heckmann da ist? Was, wenn Rosalind wieder einen Sonnenuntergang sehen will? Ich hab meinen Laptop nicht dabei... Ich stehe unschlüssig vor der Tür. In dem Moment geht sie auf. Da steht Herr

Jakob. «Mila! Hab ich doch richtig gesehen!» Er winkt mich zu sich. «Kommen Sie rein, wie schön, dass Sie mich spontan besuchen! Ich hätte Sie aber ohnehin noch angerufen. Ich brauche noch einmal ihre Dienste, bevor ich nach München gehe!» Ich bin zu perplex, um etwas zu sagen und lasse mich deshalb von ihm ins Haus ziehen. Er geht voraus und ich folge ihm. Aus den Augenwinkeln versuche ich einen Blick ins Pflegerzimmer zu werfen, aber Mazlum ist nicht zu sehen. Nur Schwester Monika sieht man von hinten, wie sie einen der Tische abwischt. «Ich wollte auch noch schnell bei der Rosalind vorbei gucken!» sag ich hastig, als ich fast vor Rosalinds Zimmer bin. «Die schläft» antwortet Herr Jakob, «die hat heut Nacht wieder Remmidemmi gemacht und wenn der Mazlum nicht da ist, wirds ja immer lauter als sonst...» Ich schlucke. Ja, das ist mir klar. Und wo Mazlum stattdessen war, weiß ich auch. Aber das ist wieder so ein schrecklicher Moment. Mazlum und ich hatten Spaß und Liebe und die arme Rosalind wurde hier rum geschubst... «Wer hatte denn Nachtdienst gestern?» frag ich mit einem kleinen Rest Hoffnung.

«Die Schwester Katrin und der neue Zivi» Ein bisschen beruhigt mich das. Immerhin ist Katrin nicht böse. Nur überfordert manchmal. Und ungeduldig, aber niemals böse... Wenn Schwester Monika Nachtdienst gehabt hätte, müsste man sich jetzt auf jeden Fall schrecklich fühlen, denn Monika ist grob. Und gemein. Monika ist einfach widerlich. Wenn Monika also heut Nacht wieder gemein zu Rosalind gewesen wäre, ausgerechnet während Mazlum und ich uns geliebt haben, dann wär jetzt was in mir zerbrochen. So hab ich nur einen Knacks... aber das ist ja schon fast chronisch. Herr Jakob bleibt vor seiner Zimmertür stehen und fuchtelt plötzlich ganz unkoordiniert mit dem Arm in der Luft rum. Es dauert eine Weile bis ich kapier, dass er sein Spray braucht. Ich fummle es aus seiner Jackentasche, er greift gierig danach und nimmt einen Hub. Dann fasst er sich wieder und öffnet seine Zimmertüre.

Drinnen setzen wir uns an seinen kleinen Tisch. Ein angefangenes Schachspiel steht darauf und daneben ein leeres Glas.

Ich kann kein Schach spielen, aber ich mag es, den Leuten dabei zuzusehen. Früher, als ich noch ein Kind war, vielleicht neun Jahre alt, Mama und David waren schon tot, Papa hat schon gesoffen, da bin ich manchmal in den Stadtpark gegangen. Dort saßen an einem kleinen Steintisch mit Schachmuster zwei alte Männer, die Tag für Tag Schach spielten. Oft saßen sie sich minutenlang regungslos gegenüber und betrachteten konzentriert den letzten Zug des Gegners. Ich war fasziniert davon. Ich hatte mir vorgestellt, dass sie meine Großväter wären. Meine Schachopis. Sie hatten soviel Ruhe ausgestrahlt und es lag so etwas Friedvolles und Beruhigendes in ihrem Spiel. Dabei soll Schach ja eigentlich eher kriegerisch sein, sagt man. Ich kann mir das nicht vorstellen. Jedenfalls war ich lange, oft und viel bei meinen Schachopis. Bis sie eines Tages nicht mehr gekommen sind. Ich bin tagelang immer wieder hin und hab gewartet, ob sie doch wieder auftauchen, aber es tat sich nichts. Erst hab ich gedacht, dass vielleicht einer der Beiden krank ist. Aber als auch nach Wochen keiner der Beiden mehr auftauchte, war ich mir sicher, das sie gestorben waren. Und zwar beide. Weil einer allein ja nicht weiterleben konnte, wenn er keinen mehr zum Schach spielen hatte. Da war ich mir sicher. Und dann wusste ich nicht mehr wohin an den Nachmittagen und hab mir tagelang weiter den leeren Schachtisch angeguckt. Jetzt guck ich auf Herrn Jakobs Schachbrett. Eine weiße Dame steht neben dem Brett. Die hat man wohl schon geschlagen. «Danke fürs Helfen!» sagt er, und als ich ihn fragend angucke, fährt er fort: «Na, für mein Spray. Das ist wirklich wie verhext, wenn so ein Anfall kommt, dann krieg ich den Arm oft nicht mehr gebeugt.» Er streicht sich mit einer ausladenden Geste über seinen Schenkel, als wolle er Krümel vom Hosenbein abwischen, aber die Hose ist völlig sauber. «Erinnern Sie sich noch an unseren ersten Ausflug? In das Etablissement mit den rasierten Damen?» Ich nicke. Und schmunzle innerlich. Das war ein verrückter Abend... und es kommt mir vor, als wäre es Jahre her, dabei sind es grade mal vier Wochen. «Nun, ich denke, ich muss da nochmal hin. Ich muss mich bei der Dame entschuldigen. Ich hab damals vergessen, Blumen zu kaufen. Und man sollte nie ohne Blumen zu einer Frau gehen. Auch nicht zu so einer. Ich bin da gewissermaßen noch ganz alte Schule, Verstehen Sie? Ich möchte einfach nochmal hingehen und Blumen bringen. Mehr nicht. Es ist nämlich doch nicht mehr meine Welt. Jedenfalls das dort nicht...- Ich war als junger Mann ab und an in Bordellen, aber sie waren gehobener mit mehr Stil und nicht solche Absteigen wie da. Aber dennoch hätte ich Blumen dabei haben sollen. Das gehört sich einfach so» Ich finde ihn hinreißend. Ich glaube, er ist der einzige Mann auf der Welt, der einer Nutte Blumen bringt, bevor er sie bezahlt.

«Ich soll sie also nochmal dorthin begleiten?»

Er nickt.

«Hätten Sie morgen Abend Zeit? Aber erst so nach zehn, wenn der Mazlum da ist. Der hat Nachtdienst, dann geht das.»

«Klar. Kein Problem. Soll ich vorher Blumen für Sie besorgen oder wollen Sie das selbst tun?»

«Das mach ich schon selbst, danke. Ich habe bei der Kioskfrau einen Strauß bestellt. Sie wird ihn morgen für mich bereithalten.» Er greift nach der weißen Dame und dreht sie in den Fingern... «Wissen Sie, Mila. Es ist nicht so einfach älter zu werden. Alles wird schwieriger und beschwerlicher. Als ich jung war, hab ich nicht viel nachgedacht, ich hab mich einfach ins Leben gestürzt. Ich hatte ja immer mein Elternhaus im Rücken, ich war abgesichert und dachte, die Welt sei ein einziges großes Vergnügen. Dann hab ich mich in meine Frau verliebt und wir bekamen diesen Sohn. Und danach war alles anders. Ich habe sie noch immer geliebt, aber sie lebte nur noch für Cornelius. Und er ist der einzige Sohn geblieben. Es hat danach nicht mehr geklappt. Und dann hab ich mich immer mehr in meinen Beruf geflüchtet. Da hab ich Anerkennung gefunden und nach und nach gelernt, dass es offenbar nicht allen Menschen so gut gegangen ist wie mir. Ich hab viele scheitern sehen. Viele. Viele... -Und Corne-lius wurde erwachsen. Und meine Frau wurde krank. Man vergisst zu leben, wenn man eine Leidenschaft hat. Meine Leidenschaft war beruflicher Erfolg. Das war wie eine Droge. Jeder gewonnene Fall war wie ein Flash. Es war nicht mehr wichtig, ob mir mein Mandant sympathisch war, es war völlig unwichtig, ob ich fand, dass er bestraft werden sollte. Wichtig war nur, den Fall zu gewinnen. Paragraphen lassen sich bis zur Unkenntlichkeit dehnen. Man kann fast alles mit ihnen machen, und gleichzeitig fast nichts. Vor Gericht zählen viele Dinge. Ich wollte immer gewinnen. Niemand hatte mich je dazu gedrängt, es hat mir einfach Spaß gemacht. Aber man zahlt einen hohen Preis. Ich hätte mehr Zeit mit meiner Familie verbringen sollen. Ich hätte mehr Zeit mit mir verbringen sollen. Ich hatte genug Geld, mir meine Träume zu verwirklichen, und habe es immer nur aufgeschoben. Ich habe meine Träume und mein Leben verschoben und verschoben - und nun ist es fast vorbei, meine Frau ist tot, mein Sohn ist an mir so interessiert, wie ich es an ihm war, als er klein war: nämlich kaum. Meistens war er mir lästig, weil er mich unterbrochen hat, wenn ich zuhause Fälle vor und nachbereitet habe. Und heute bin ich ihm lästig, und gleichzeitig will er mich gut versorgt wissen. So wie ich ihn damals. Aber er war gut versorgt. Meine Frau war ihm eine gute Mutter. Eine zu gute. Sie hat ihm alles durchgehen lassen. Sie hat ihn mit Liebe überhäuft und er hat immer nur genommen, genommen und genommen. Geben hat er nie gelernt. Nicht mal ein bisschen. Aber ich liebe ihn trotzdem. Er ist letztlich auch nur das, was wir aus ihm gemacht haben. Und er hat mir nachgeeifert. Er lebt für seinen Beruf. Aber ich halte es nicht aus, mir das nochmal anzugucken. Anzugucken, wie man sein Leben so verschwendet. Meins ist ja bald vorbei. Es kann jeden Augenblick vorbei sein, wenn ein Anfall kommt und ich mein Spray nicht krieg. Ich wollte noch so viel machen. Ich will noch so viel machen. Aber es wird wohl nur ein bisschen was noch werden. Naja.» Er macht eine Pause, streicht sich wieder über das Hosenbein.

Unsichtbare Krümel wegwischen.

«Es war jedenfalls sehr nett, Sie hier kennen gelernt zu haben. Ihre Traurigkeit hat mich seltsamerweise in meinem Wunsch bestärkt, noch möglichst viel erleben zu wollen. Und ich hoffe, ich konnte Sie ein wenig aus ihrer Starre befreien. Was werden Sie denn jetzt machen?» -Ich seufze.

Ich weiß es nicht. Ich weiß es nicht. Ich weiß es wirklich nicht. Also sag ich: «Ich weiß es nicht.»

Er nickt: «Sie haben ja noch Zeit. Aber verschwenden Sie sie nicht! Sie sind doch frei und ungebunden. Sie können doch losziehen in die Welt! Suchen Sie sich einen netten Mann,- der Mazlum hat ja auch ein Auge auf Sie geworfen, nicht wahr?- und dann nehmen Sie Ihre Puppen und tun wieder das, was Ihnen Spaß gemacht hat!» Er ist bereits von der Vorstellung begeistert, gestikuliert wild mit den Armen in der Luft und hat vor seinem inneren Auge offenbar ein paar wildromantische Bilder im Kopf. Ich weiß nicht, was ich sagen soll. Ich weiß nicht, ob ich noch ungebunden bin. Ich fühle mich an Mazlum gebunden. Und das ist ziemlich leichtsinnig, nach grade mal einer Nacht. Ich überlege, ob ich Herrn Jakob davon erzählen soll, aber dann entschließe ich mich, es für mich zu behalten. Seltsamerweise bin ich noch immer sauer auf ihn, weil er mich nicht mehr haben will. Und weil er versucht, mein Leben zu regeln. Und gleichzeitig bin ich so müde vom Leben und vom Leben organisieren, dass ich am liebsten jemanden hätte, der mir sagt, was ich tun soll. Und Herr Jakob wäre so jemand. Und er sagt ja auch was. Er sagt: geh weg und lass deine

Puppen leben. Aber ich fühle keine Kraft und keine Aufbruchstimmung in mir. Nur ein bisschen Liebe für Mazlum und große Sehnsucht nach Ruhe und einem Zuhause. Ich sehne mich nach einer Welt, die es nicht gibt. Nach einer paragraphenfreien Zone. Nach einer Welt, in der Frau Zimmermann behandelt wird, niemand abgeschoben werden kann, jeder das zu sich nehmen darf, was er möchte und alle einander helfen. Seid ein Segen für die Menschen, heißt es in der Thora. Wenn das alle beherzigen würden, dann wär schon viel gewonnen... wobei dann immer noch die Frage wäre, was ein Segen ist. Das empfindet ja auch jeder anders...

«Wissen Sie,...» setzt er wieder an, «...Sie trauen sich das jetzt noch nicht richtig zu, aber wenn Sie sich dafür entschieden haben, wird es sich gut anfühlen. Sie werden sehen. Bleiben Sie nicht hier. Sie sind nicht dafür gemacht in so einer Tretmühle zu landen. Verstehen Sie?» Nein, eigentlich versteh ich das nicht. In einer Tretmühle weiß man wenigstens, wann ein Fuß vor den anderen gesetzt werden muss. Man kommt zwar nicht vorwärts, aber man bleibt wenigstens auf der Stelle.

«Sie haben einen wachen Geist und viele Talente. Beglücken Sie die Welt und sich damit!» Er steht auf, greift nach einer Wasserflasche und bietet mir davon an. Als ich ablehne, schenkt er sich etwas Wasser ein, nimmt einen Schluck und fährt fort:

«Die Welt wartet doch auf Sie! Da draußen lauern Abenteuer! Sie werden Leute glücklich machen und Kinder zum Lachen bringen, vielleicht auch zum Träumen, was kann es Schöneres geben?»

«Nichts» sag ich und es klingt dabei so, als würde ich Alles meinen. Dabei weiß ich, dass das schön ist. Ich wär sonst ja nie so lange und gerne mit Matteo durch die Welt gezogen. Es ist schön, mit den Puppen zu spielen. Durch sie mit den Leuten zu sprechen und ja - sie glücklich zu machen. Aber es kostet auch viel Kraft. Man muss entweder lieben oder geliebt werden, um das durchzustehen. Und man braucht ein Auto. Ein großes Auto, in dem man schlafen kann. Und man braucht einen Menschen an seiner Seite. Nicht nur als Mitspieler. Zur Not kann man auch alleine eine Show machen. Aber wenn man in einer kleinen Klitsche am Rande der Stadt sitzt nach der Show, dann braucht man einen Freund. Wenn man unterwegs ist, ist es lebensnotwendig, dass man jemanden hat. Jemanden, der einen so sehr liebt, dass er einen nicht auf der Strecke lässt. So einen hatte ich mal in Matteo. Bis er mich auf der Strecke gelassen hat. Dann hatte ich nichts mehr...

Draußen auf dem Flur hör ich Mazlums Stimme. Das ist schön. Mazlum. Eigentlich bin ich ja seinetwegen hier. Aber Herr Jakob hat mich annektiert...

«Wissen Sie, wenn ich jetzt nochmal könnte, also mein Leben nochmal beginnen könnte. Ich würde vieles anders machen. Ich würde mehr meiner Träume ausleben. Ich würde alles dafür tun... Es war natürlich gut, Anwalt zu sein, aber ich hätte vorher noch ein paar Dummheiten machen sollen. Ich hätte zum Zirkus gehen sollen, ich hätte Motorrad fahren lernen sollen und damit um die Welt brausen, ich hätte mehr Sprachen lernen sollen und mich dem wirklich Interessanten zuwenden sollen, was diese Welt zu bieten hat: den Menschen. Ich hab mich mehr um die Paragraphen gekümmert. Mein ganzes Leben. Und ich hab damit natürlich auch was für die Menschen getan, aber ich hab sie immer nur durch diese Brille angeschaut. Verstehen Sie? Ich habe Sie nicht angeschaut. Ich hätte viel mehr für sie tun können, als nur juristische Hilfe zu leisten. Hab ich aber nicht gemacht. Wenn ein Fall abgeschlossen war, hab ich den Sieg gefeiert und dann hab ich sie zu den Akten gelegt. Die Menschen. Gut, es waren oft nicht grade die sympathischsten Typen, die ich vertreten habe. Aber auch unsympathische Leute verdienen es, dass man sie genau anschaut, dass man sie wahrnimmt, dass man sie achtet. Meinetwegen auch, dass man sie verflucht und hasst, aber das man sich lebendig mit ihnen auseinandersetzt. Verstehen Sie?»

Ich verstehe. Ich fühle es sogar. Und dann versuch ich ihn aufzuheitern: «Wir könnten ja zusammen losziehen mit einem Wagen und Marionetten spielen! Sie und ich! Ich würde nämlich wirklich gerne wieder losziehen mit den Puppen!»

«Eine brillante Idee, Mila!», lächelt Herr Jakob mir zu. «Aber ich weiß, wann etwas zu spät ist und ich kann Sie nicht dazu benutzen, mir den Rest meines Lebens zu versüßen. Auch wenn ich das gerne tun würde. Aber Sie sollten wirklich gehen! Machen Sie was aus Ihrem Leben!» Er starrt eine Weile vor sich hin.

«Ich hab ja jetzt dieses Zimmer in München, in der Seniorenresidenz. Ich bin hier her ja nur geflüchtet, um meinen Sohn zu ärgern. Aber hier bleiben? Unvorstellbar. Es ist ein Unding, wie man hier mit alten Leuten umgeht. Ich bin ja noch fit, aber schauen Sie sich an, wie ausgeliefert die anderen sind? Und wie kaputt und überlastet die Pfleger. Ich werd in München dieses schöne großzügige Zimmer beziehen und versuchen, einige alte Bekanntschaften aufleben zu lassen. Ich vermisse meine Heimatstadt. Ich hätte mich schon früher, mehr um die Menschen in meiner Umgebung kümmern sollen. Ich hab das nie getan. Das war auch ein Fehler. Mein Leben ist eine Aneinanderreihung von Fehlern... Ist das nicht bitter, wenn man das so spät bemerkt? Deshalb sag ich Ihnen ja: machen Sie was aus Ihrem Leben!...» Herr Jakob erzählt nun wieder zum hundertsten Mal, was ich alles machen soll. Es ist wie ein Mantra. Sein Mantra vom vergeudeten Leben. Ich überlege, wie ich mich verabschieden kann, ohne ihn vor den Kopf zu stoßen. Aber bevor mir was einfällt, klopft es an der Tür. Es ist Dr. Hellmann, der Arzt. «Ah, der Menschenflicker!» ruft Herr Jakob begeistert aus. «Guten Tag, Herr Jakob» sagt der und nickt mir grüßend zu. Ich steh rasch auf.

«Ich geh dann mal. Wir sehen uns morgen Abend!»

Ich drück mich an Dr. Hellmann vorbei in den Flur. Geschafft. Jetzt will ich endlich zu Mazlum. Ich laufe Richtung Pflegerzimmer, aber dann seh ich, das Frau Heckmann da steht und so bieg ich schnell ab und eile nach draußen.

Fuck-

Nie komm ich da an, wo ich hin will.

§ **36**

Das war ja mal wieder Erfolg auf der ganzen Linie, denk ich, als ich den Heimweg antrete. Man flieht aus der WG, will zu Mazlum und landet bei Herrn Jakob, der einen mit seinem Mantra wieder zum Grübeln bringt. Und dann flieht man weiter vor der ollen Heckmann. Ein Leben auf der Flucht. Und nie am Ziel. Und jedenfalls immer haargenau daneben. Vermutlich auch ein Talent, aber keines, um das man beneidet wird. Nie da ankommen, wo man will. Und wie in einem schlechten Roman fängt es jetzt auch noch zu regnen an. Ich fass es nicht.

Scheißleben-

Scheißwetter-

Scheißentscheidungen.

Ich stelle mich unter ein Vordach, weils wie aus Kübeln gießt. Wäre mein Leben ein Roman, würde jetzt sicherlich ein Lastwagen durch die Pfütze vor mir fahren und mich von oben bis unten nassspritzen - Zum Glück ist das hier nur mein Leben und kein schlechtes Buch. Es ist nur ein Radler, der die Pfütze durchzieht und es sind nur meine Hosenbeine, die nass gespritzt werden. Aber dafür mit eiskaltem Nass.

Ich bin dankbar.

Ich beschließe, dass ich jetzt auch durch den Regen nach Hause laufen kann. Bin ja schließlich eh schon nass. Ich überquere die Straße und nehme den Weg zurück durch die Allee. Die großen alten Bäume halten wenigstens einige Tropfen ab. Aber die meisten landen dennoch in meinem Gesicht und in meinen Haaren, wo sie sich erst schön wie eine Perlenkette aufreihen, bevor auch sie mir ins Gesicht fallen. Was ist eigentlich eine Traufe? Man sagt das doch immer: vom Regen in die Traufe kommen, aber was ist eine Traufe? Ich stapfe tapfer weiter durch Schneereste und Pfützen und lass mich beregnen. Vermutlich ist das ganze Leben eine Traufe. Auf meinen Grabstein sollte stehen: Sie war in der Traufe.. Mila Mrozek geboren am 29.2.1988, gefahren und gestorben... tja, das weiß man ja nicht, aber in die Traufe geraten direkt aus einem Puppenspielerauto. Grade noch auf der Bühne, jetzt mitten im traurigen Nass: Mila Mrozek! Applaus! Ich kann kaum noch aus meinen Augen gucken.

Endlich steh ich vor unserem Haus. Ich klingele. Ich fühl mich zu nass und zu kalt, um nach dem Schlüssel zu suchen... aber es öffnet keiner, also such ich ihn doch. Find ihn auch. Steck ihn mit meinen eisigen Fingern ins Schlüsselloch und öffne die Tür. Nun nur noch in den vierten Stock und dann ins Warme...

Das Klingeln an der Tür weckt mich aus dem Dämmerzustand, in den ich nach dem Duschen wohl gefallen bin.. Ich taumle aus meinem Zimmer zum Öffner. Ich drücke. Es summt. Es plöppt. Jemand kommt die Treppen rauf. Ich werfe einen Blick in den Spiegel. Ok, das geht. Es sieht nicht gut aus, aber es geht. Ich geh in die Küche und nehm einen Schluck Wasser. Als ich wieder zur Tür komme, steht er schon da: Mazlum. Wie ein Bär in der Tür. Mit schüchternen Knopfaugen. Wie kann ein so großer und starker Mann so verletzlich und klein wirken? Wir umarmen uns. Es fühlt sich sehr warm an. Wir machen da weiter, wo wir am Morgen aufgehört haben.

§ 37

Als Mazlum am Abend nachhause geht, bricht alles in mir zusammen. Was, wenn auch er mich verlässt? Was, wenn er meiner genauso überdrüssig wird wie Matteo? Bei Matteo hab ich ja auch nix gemerkt. Für mich war alles in Ordnung bis zu dem Moment, als er mir eröffnete, dass ich den Wagen verlassen soll, weil er künftig ohne mich weiter ziehen will. Es gab nichts vorher, was das angekündigt hätte, keinen Streit, kein Zerwürfnis, nicht mal Schweigen. Es war alles ganz normal. Und als ich ihn fassungslos fragte, warum er nun nicht mehr mit mir zusammen sein will, sagte er nur: ich brauch mal was Neues. ...

Wenn Mazlum auch irgendwann was Neues braucht, sitz ich immer noch in dieser Stadt. Und lebe vermutlich immer noch von irgendeiner Stütze oder stecke in einer Arbeitsbeschaffungsmaßnahme und ich hänge sicherlich noch immer in dieser WG fest, deren Bewohner mir fremd sind und fremd bleiben werden... und dann ist da kein Herr Jakob mehr, der mich auffängt und dessen Geld ich so gut gebrauchen kann. Und wer weiß, ob Frau Zimmermann dann noch lebt und ob Rosalind noch da ist und wenn sie da ist, ob sie mich noch erkennt..? Und dann werd ich wieder genau an dem Punkt sein, an dem ich im Grunde seit einem Jahr bin. Und das ist ein verdammt trauriger Punkt.

Ich beschließe auszugehen.

Ich tingele durch die Bars und Kneipen der Altstadt. In jeder Bar trinke ich einen heißen Kakao. Ich werde mich nicht besaufen. Ich bin anders als mein Vater. Ich bestelle heißen Kakao. Und das macht mich froh.

Später als ich nach Hause komme, bin ich noch immer wolkenleicht. Es stört mich auch gar nicht, dass die Küche voller Leute ist, die ich nicht kenne. Es stört mich auch nicht, dass Manuel mir sagt, dass es möglicherweise doch zu einer Gerichtsverhandlung gegen ihn kommt und ich da sicherlich als Zeuge vorgeladen werde. Es macht mir auch nichts aus, dass ich pitschnass bin, weil es auf dem Rückweg geregnet hat. Es macht mir einfach gar nix mehr was aus. Ich sinke glücklich ins Bett. Das Leben ist eine Wolke.

§ 38

Der 30. Dezember. Ein wunderbarer Tag. Die Eisprinzessin und der Uhrmacher drehen sich fröhlich über der Heizung am Fenster und die Sonne blinzelt durchs Fenster. Die Sonne. Die gute Freundin, die heute schon fast frühlingshaft vom Himmel lächelt.

Ich reibe mir den Schlaf aus den Augen. Heute werde ich einkaufen.

Lebkuchen und Obst.

Wein und Mandarinen.

Spaghetti und Erbsen.

:-)

Ich bin glücklich. Ich packe mein Zeug zusammen und geh zum Supermarkt. Ich kaufe tatsächlich ein: Lebkuchen und Obst, Wein und Mandarinen, Spaghetti und Erbsen. Und dann noch Milch, Brot und Erdbeer-Marmelade. Außerdem noch einen großen Schokoladennikolaus. Noch vor dem Supermarkt beiß ich ihm die Mütze ab. Die Schokolade schmeckt weich und warm und wohlig und ich erinnere mich, wie schön es ist, Schokolade zu essen. Als ich in die WG zurück komme, sitzt Manuel am Tisch und von dem Schokoladennikolaus in meiner Hand sind nur noch die Füße übrig. «Hallo» sag ich, stell die angenagten Nikolausfüße auf den Tisch, setz die Tüte mit den Einkäufen ab und stelle die Kaffeemaschine an. «Magst auch?» frag ich und er nickt.

«Hast du kapiert, was ich gestern gesagt habe?» fängt er unvermittelt an und einen Moment lang weiß ich nicht mehr, was er meint. Dann fällt es mir wieder ein. Die Gerichtsverhandlung.

«Ist es denn jetzt sicher, dass doch eine stattfindet?»

«Nein, aber mein Anwalt sagt, dass der Staatsanwalt sich solange nicht meldet, sei kein gutes Zeichen.»

«Naja, es war grad Weihnachten, morgen ist Silvester, vielleicht kam er einfach noch nicht dazu?»

«Ja, kann sein. Wenn wir Glück haben, wird das Verfahren gegen mich eh eingestellt, weil sie das Zeugs ja in Faris Zimmer gefunden haben und sein Selbstmord als Schuldeingeständnis gewertet wird. Aber die haben mich halt aufm Kieker... und wenns schräg läuft, eröffnen die dennoch ein Verfahren und dann müssen du und Lisa eben auch nochmal aussagen. Hast du eigentlich ihre Heimatadresse? Ich hab die gar nicht, hab ich gestern gemerkt.»

Nein, die hab ich auch nicht. Nichtmal ihre Handynummer. Ich frage mich grade, wie es eigentlich möglich war, das wir alle solange zusammen gelebt haben, ohne solche Dinge voneinander zu kennen...

aber da fällt mir ein, dass ich auf Facebook mit ihr befreundet bin.

«Ich kann versuchen, sie auf Facebook anzumailen, vielleicht meldet sie sich...»

Falls sie da überhaupt noch ist. Ich weiß das nämlich nicht sicher, weil ich selbst nur ganz selten dort bin. Und kaum Freunde habe. Ich hab mir einen Account eingerichtet, einige Zeit nachdem ich mit Matteo losgezogen bin. Zum einen, um mit den wenigen Leuten zuhause noch Kontakt zu halten, zum anderen, weil Matteo auf Facebook Werbung macht für sein fahrendes Marionettentheater und immer wieder Bilder einstellte, von den Aufführungen. Er wollte, dass ich auch als Seitenadmin mit gucke und bis heute hat er mir die Adminrechte nicht entzogen. Ich würde sie abgeben, wenn ich wüsste wie, aber weil ich eben so selten online bin, hab ich mich auch darum nie gekümmert.

«Ah, das ist gut. Stimmt ja, in meiner friendlist ist die auch, dann kann ich die ja selbst anmailen, falls nötig. Danke!»

Er kratzt sich an der Haut. Seine Nase läuft. Er greift nach einer Packung Tabletten auf dem Tisch und schmeißt sich welche ein. Ein Röcheln aus der Ecke der Küche kündigt an, dass die Kaffeemaschine fertig ist. Ich nehm zwei Tassen aus dem Regal, den Zucker und einen Liter Milch aus meiner Einkaufstüte und stell alles auf den Tisch. Dann hol ich den Kaffee und gieß uns ein.

«Magst du was frühstücken?» frag ich Manuel, während ich Brot und Marmelade aus der Tüte hole und vor ihm aufbaue. Er greift nach den Nikolausfüßen und wickelt sie aus. Er nimmt einen kleinen Bissen und stellt die Schokofüße zurück auf den Tisch.

Er rennt ins Klo und kotzt.

Spült sich den Mund aus.

Kommt zurück.

-Und trinkt Kaffee. Und dann sagt er unvermittelt: «Ich fühl mich wie ein Schwein wegen Faris. Das musst du mir glauben, aber ich will nicht innen Knast. Ich hab doch niemandem was getan. Ich brauch das Zeugs halt und den Stoff hab ich doch nur zwischengelagert. Ich hab Schulden, ich konnte da nicht nein sagen...» Jetzt tut er mir wirklich leid. Ich weiß eigentlich auch nichts von ihm. Und nichts über ihn. Ich sollte aufhören, ihn zu hassen. Es bringt ja auch nichts. Er nutzt Faris Tod für sich aus, aber er hat die Hausdurchsucher ja nicht eingeladen, er wurde lediglich mit ein paar verbotenen Substanzen erwischt. Substanzen, die, außer ihm, niemandem schaden. Und dass die dennoch verboten sind, ist eigentlich nicht nachvollziehbar. So viele Gesetze sind nicht nachvollziehbar. Und er hat die Gesetze ja nicht gemacht... Und so wie Manuel grad vor mir sitzt, ist auch klar, dass er die Substanzen mittlerweile braucht. Er zittert und ist blass. Er ist eben doch nicht so der coole und abgebrühte Typ, für den er sich immer ausgibt. Nur nutzt das irgendwie trotzdem nix. Wenn er sich mies benimmt, und sei es auch nur aus Schwäche, ist es am Ende dennoch mies. Und Faris ist tot. Und er hätte die Substanzen nötiger gehabt und hat sie nicht angerührt. Faris wollte leben. Hier. Und in Sicherheit... Und jetzt ist sie mit einem Schlag wieder weg... meine gute Laune. Und ich sitz neben Manuel am Tisch und er tut sich leid und er tut mir leid und dennoch hasse ich ihn, obwohl ich das nicht sollte, aber ich kann nicht anders. Und prompt fühle ich mich wieder klein und hilflos und nackt und dunkel und ich weiß überhaupt nicht, warum ich so viele Sachen eingekauft habe, denn ich werde sie mit Sicherheit nicht essen. Und mir wird plötzlich klar, dass, wenn ich ganz bald wieder mit der Frau vom Job-Center telefonieren werden muss und wenn ich vielleicht zu dieser Gerichtsverhandlung muss,dass ich dann ganz sicher noch weniger Kraft haben werde...

Ich nehm meine Tasse und geh in mein Zimmer. Ich lasse Manuel alleine sitzen in seinem Elend und seiner Küche. Ich hab einfach keine Kraft für ihn. Die Kraft ist mir grade selbst abhanden gekommen...

§ 39

Herr Jakob ist wirklich ein seltsamer Mensch. Als ich am Abend gegen elf Uhr im Altenheim ankomme, ist er noch nicht fertig. Mazlum begrüßt mich mit einem Kuss und muss dann gleich weiter, weil in einem Zimmer geklingelt wurde. Ich warte im Gemeinschaftssaal. Ich gehe zum Fenster und schaue raus in den Garten mit seinen alten Bäumen. Bäume, die teilweise noch älter sind als die Bewohner des Hauses hier. Draußen liegt kein bisschen Schnee mehr. Was macht nun Rosalind, wenn sie nachts Schneeflocken mit der Zunge fangen möchte? Als wäre der Gedanke ihr Stichwort, steht sie plötzlich hinter mir. «Kommt der Anton heute?» fragt sie und starrt mich an.

Der Anton, auf den sie wartet, der wird wohl nie kommen. Vermutlich ist er schon lange tot.

Jedenfalls kommt er ganz sicher nicht.

«Ich weiß es nicht sicher... vielleicht später» sag ich und finde, dass Lügen manchmal rosarot sein können.

Sie nickt und versucht einen tapferen Gesichtsausdruck zu machen.

«Der Stall ist kaputt» fährt sie fort, «der Anton muss das reparieren, sonst laufen mir die Hühner fort.»

Ich nicke.

Rosalind ist so wundervoll. Sie ist eine so unglaublich hübsche kleine Person mit ihren weißen, zärtlichen Haaren um den Kopf, und dem klaren Gesicht. Sie war ganz sicher mal eine umwerfend schöne Frau. Sie ist noch immer eine umwerfend schöne Frau, nur dass sie jetzt mehr schön, als Frau ist. Und früher war das sicher mal andersrum. Dieser Anton war bestimmt zu beneiden...

«Ist die Sonnenuntergangsmaschine wieder ganz?»

... meinen Laptop mit den Youtube-Sonnenuntergängen... den hab ich natürlich nicht dabei..

«Sie ist noch in Reparatur. Aber ich bring sie wieder her, sobald sie gesund ist.»

Sie nickt, guckt mich eine Weile an und schiebt sich dann mit dem Rollator Richtung Terrassentür. Mist.

«Wo wollen Sie denn hin, Rosalind?»

Sie antwortet nicht, sondern macht die Terrassentür auf und schiebt sich nach draußen. Es ist kalt. Ich geh ihr nach.

«Es ist kalt, wollen wir nicht wieder nach drinnen?»

Sie starrt in den Himmel. Die Nacht ist sternenklar, nur einzelne Wolken ziehen langsam vorbei.

«Sie machen heute einen Ausflug mit Herrn Jakob, stimmts?»

Woher weiß sie das? Offenbar kriegt sie doch noch mehr mit, als man denkt...

«Ja, er hat einen Abendtermin und ich begleite ihn.»

«Ich will mit.» sagt sie und guckt weiter in den Wolkenhimmel. Das geht nicht, sagt mir mein Kopf. Aber mein Herz hat sich spontan anders entschieden.

«Ok, ich hol nur schnell Ihre Sachen. Sie brauchen warme Schuhe und einen Mantel.» hör ich mich sagen und würde mich am liebsten ohrfeigen dafür. Wie kann ich nur? Aber meine Füße laufen schon in Rosalinds Zimmer, meine Hände greifen nach den Schuhen und dem Mantel. Und dann bring ich die Sachen in den Gemeinschaftsraum, hole Rosalind von der Terrasse nach drinnen und ziehe ihr Schuhe und Mantel an. Ihre Pantoffeln stell ich zurück in ihr Zimmer, und als ich in den Gemeinschaftsraum zurück komme, steht Rosalind glücklich an der Tür und strahlt mich an.

«Darf ich fragen, was das wird?» fragt Herr Jakob, der top-gestylt und mit einem Rosenstrauß in der Hand entgeistert von Rosalind zu mir und wieder zu Rosalind blickt.

«Rosalind wird uns heute Nacht begleiten!» sag ich und setze dabei einen Gesichtsausdruck auf, der keinen Widerspruch erlaubt. Zumindest versuche ich so einen Gesichtsausdruck. Herr Jakob scheint den Gesichtsausdruck aber nicht zu verstehen. Jedenfalls entschlüsselt er ihn nicht so, wie ich mir das gewünscht hätte. Er widerspricht vehement. Droht sogar, mir für diesen Abend keinen Lohn zu bezahlen, wenn ich Rosalind wirklich mitschleppen wolle. Aber ich bleibe stur.

«Entweder wir gehen mit Rosalind oder garnicht.» Herr Jakob sieht kurz so aus, als bräuchte er gleich sein Spray. Ich greif fix in seine Brusttasche und hol es hervor. Ärgerlich schlägt er es mir aus der Hand.

«Hören Sie auf mich wie einen Tattergreis zu behandeln!» brüllt er ärgerlich.

«Hören Sie doch auf, mich wie eine Tattergreisin zu behandeln!» grinst Rosalind ihn an. Das ist das erste Mal, dass sie ihn angesprochen hat. Und das beeindruckt ihn. Jedenfalls beeindruckt ihn das so sehr, dass er aufgibt. Er seufzt und sagt: «Gut, gehen wir also!»

Ich schreibe Mazlum einen Zettel, damit er Rosalind nicht vermisst, und dann brechen wir auf. Diesmal kommen wir natürlich noch langsamer vorwärts. Die

Geschwindigkeit von Herrn Jakobs Gehstock ist doch deutlich schneller als die von Rosalinds Rollator - wobei das weniger am Rollator als an Rosalinds alten müden Füßen liegt. Wir brauchen fast doppelt solange, bis wir an der Haltestelle sind. Herr Jakob schimpft leise vor sich hin. Aber nur leise. So leise, dass keine Notwendigkeit besteht darauf einzugehen, aber laut genug, dass er seine Wut über die ungebetene Begleitung los wird. In der Bahn entspannt er sich schließlich. «Haben Sie schon überlegt, wie es für Sie hier weitergehen wird?» fragt er mich, als die Bahn zwei Haltestellen weit gefahren ist. «Ja. Aber ich hab noch keine Lösung. Mit den Puppen alleine losziehen, das geht nicht. So jedenfalls nicht. Ich hab ja nicht mal einen Führerschein... ich muss mir halt etwas anderes suchen....»

«Ich muss aufs Klo» sagt Rosalind und Herr Jakob beginnt wieder mit seiner Schimpftirade. Am Hauptbahnhof angekommen, steuere ich mit Rosalind die Damentoilette an. Sie tippelt mit ganz kleinen Schritten und dann kurz vor der Toilette pinkelt sie los.

«Das ist mein Bach!» ruft sie begeistert und schaut zwischen ihre Füße, wo sich eine Pfütze bildet. Sie klatscht mit den Händen.

Ich bin nicht ganz so begeistert.

Herr Jakob, der mit seinem Blumenstrauß am Rande der Anlage wartet ist ebenfalls nicht ganz so begeistert. Er dreht sich weg. Man kann ihm von hinten ansehen, wenn er schimpft. Es ist so eine minimale Bewegung der Schulterblätter. Man braucht gar nicht seine Vorderseite dafür, oder die entsprechenden Töne. Sein Rücken reicht.

Ich schiebe Rosalind in den Toilettenvorraum.

«Wir müssen Sie jetzt irgendwie trocken kriegen» sag ich ihr und beuge mich vor sie hin, um ihr die Unterwäsche und die Trainingshose auszuziehen. Sie setzt sich auf eine Toilette und beginnt zu singen. ♪♫ He-Ho spann den Wagen an ♪♫. Zum Glück sind um diese Uhrzeit allenfalls noch einzelne Leute auf der Toilette. Und die meisten davon sind Junkies, die sich einen Druck setzen und die eine alte singende Frau nicht sonderlich komisch finden. Ich gehe mit der Hose und der Unterhose zum Waschbecken. Ich drücke auf den Seifenspender und lass mir einen Klecks Kloseife auf die Hand laufen. Die Kloseife sieht aus wie ein Klecks Sperma. Zum Glück riecht Kloseife besser als sie heisst und aussieht. Ich rubble die nassen Kleidungsstücke mit der Seife ein, spül sie aus und halte sie dann unter den Handtrockner, dessen lautes warmes Gebläse das ♪♫ He-Ho spann den Wagen an ♪♫ von Rosalind übertönt. Es dauert trotzdem ewig

bis die Klamotten halbwegs trocken sind. Ich zieh sie ihr wieder über. Sie hört auf mit singen. Gemeinsam gehen wir raus. Herr Jakob sieht extrem genervt aus.

«Ich sag nix. Ich sag nix!» sagt er und widerspricht sich somit selbst. Aber das ist ihm grade egal. Wir gehen gemeinsam aus dem Bahnhof raus und schlagen den, uns mittlerweile bekannten Weg, zur Roten Dreizehn ein. Rosalind zittert ein bisschen. Ich setz ihr meine Mütze auf. Herr Jakob sagt nichts. Als wir an dem Penner vorbeikommen, der uns das letzte Mal den Weg gewiesen hat, starrt er uns an. Dann erkennt er uns wieder und ein Grinsen huscht ihm übers Gesicht:

«Diesmal ein flotter Dreier oder was?»

Er lacht laut.

Wir sagen nichts. Wir gehen weiter.

An der Roten Dreizehn setz ich Rosalind auf den Sitz ihres Rollators. Herr Jakob stellt seinen Stock wieder neben das „Bitte beachten Sie auch unsere Damen im Keller"-Schild und wankt mit seinem Strauß die Stufen nach unten. Ich versuch Rosalind zu wärmen und rubbel sie mit meinen Armen warm. «Kommt der Anton auch hier her?» fragt sie.

«Ich denke nicht.» sag ich und rubbel sie weiter. Auf der anderen Straßenseite läuft ein Mann. Beim Näherkommen mustert er uns. Er überquert die Straße und steht direkt vor uns.

«Für das Großmütterchen zahlt doch keiner mehr» meint er zu mir mit russischem Akzent und deutet nur mit seinem Kinn auf Rosalind. «Babuschkas bringen hier nicht viel und deine ist selbst dafür zu alt!»

«Danke für die Aufklärung, aber wir warten nur.» sag ich betont kühl und schaue die Straße in die andere Richtung runter.

«Na dann guck ich mal nach Eurem Djeduschka!» sagt der Russe und geht rein. Aber er geht die Stufen hoch. Er beachtet die Damen im Keller nicht. Und so wird er auch nicht auf unser Großväterchen stoßen...

Ich nehm Rosalind von hinten in den Arm und schaue zu den Sternen hoch. Wo sonst soll man auch hinschauen...hier..

«Der Anton...» beginnt Rosalind und bleibt aber dann doch still. Der Anton, denk ich, der Anton sollte wirklich mal kommen. Sie vermisst ihn doch so. Den Anton.

Ein Mann kommt raus. Dann geht einer rein. Dann kommt wieder einer raus. Dann noch einer. Dann ein ganz Dicker. Dann kommt ein Pärchen. Dann kommt wieder ein Mann raus. Nur Herr Jakob, der kommt nicht raus.

Hoffentlich ist ihm nichts passiert. Nicht dass er sein Spray... aber dann hätten die doch sicherlich einen Krankenwagen gerufen, oder? Hätten die doch...oder?

Scheiße. Ich werde echt unruhig. Er wollte doch eigentlich nur die Blumen abgeben. Gut, selbst wenn er warten musste und selbst wenn er dann noch einen kleinen Plausch halten würde, er müsste spätestens jetzt wieder hier sein... Ich bin unschlüssig. Ich könnte kurz nach ihm gucken, aber Rosalind krieg ich nur schwer die Treppen runter. Und draußen alleine stehen lassen kann ich sie auch nicht. Was, wenn sie losläuft und ich finde sie nicht mehr... und was, wenn doch einer Appetit auf die Babuschka hat? Ich werde immer nervöser. Es war eben doch eine Schnapsidee, Rosalind mitzunehmen. Mein Kopf hatte Recht. Warum nur trifft mein Herz immer so blöde Entscheidungen?

Grade als ich überlege, doch mit Rosalind die Treppen runter zu wanken, kommt er hoch.

Bester Stimmung.

Geradezu beschwingt.

Ein strahlender Heinrich Jakob.

«Ein Quickie in Ehren kann keine verwehren!» summt er,- «Obwohl, es muss einen Quickie heißen, wir wollen doch auch im Überschwang grammatikalisch korrekt bleiben.» Er hält belehrend den Finger hoch.

Dann greift er nach seinem Stock und spaziert los. Dreht sich zu uns um:

«Na kommen Sie meine Damen, kommen Sie! Auch Sie brauchen Ihren Schönheitsschlaf!» Er schwingt den Stock durch die Luft. Rosalind erhebt sich mühsam von ihrem Rollatorsitz, dreht sich um und bleibt stehen. «Wir müssen noch auf den Anton warten.» Herr Jakob kommt zurück. «Nein, meine Werteste, Ihr Anton wartet zuhause auf sie! Sie sollten sich lieber beeilen.» Rosalind starrt ihn ungläubig an. Aber dann setzt sie doch einen Fuß vor den anderen und läuft in Richtung Bahnhof. Es gibt Hoffnung. Vielleicht endet dieser Abend ja doch noch gut. In der Bahn zurück singt dann Herr Jakob zusammen mit Rosalind ♪♫

He-Ho spann den Wagen an ♪♫. Ich bin erschöpft.

Das ist das erste Mal, dass ich finde, dass ich mir mein Geld redlich verdient habe...

Mazlum hilft mir, Rosalind ins Bett zu bringen. Er schüttelt die ganze Zeit den Kopf über den Irrsinn, sie mitzunehmen. Aber er schüttelt den Kopf und lächelt dabei. Herr Jakob verabschiedet mich mit Handkuss und geht schnell in sein Zimmer. Mazlum sagt, dass er mit mir ins neue Jahr feiern will und fragt, ob ich morgen Abend schon was vorhabe. Hab ich nicht. Also jetzt schon. Und ich küsse ihn und sage gute Nacht, denn ich muss jetzt auch wirklich ins Bett. Es ist drei Uhr morgens, in drei Stunden hat er Dienstschluss und darf auch schlafen gehen und abends holt er mich dann ab. Ich war schon lange nicht mehr so müde...

§ 40

Cecile, die neue Mitbewohnerin, hat mich den ganzen Tag genervt. Wollte wissen, wo was ist im Haus, welcher Keller zur Wohnung gehört, wo der Briefkastenschlüssel deponiert wird, wer zuständig ist fürs Post holen und wer wann putzt. Bisher hat immer Lisa alles gemacht. Fast alles jedenfalls. Faris und ich haben manchmal mitgeputzt, aber wir hatten keinen Plan. Nie. Es hat eben einfach immer irgendwie funktioniert. Cecile will das alles genau organisieren. Und das klingt irgendwie bedrohlich. Zumal sie eine Stimme hat, die ihrem männlichen Auftreten in nichts nach steht. Sie strahlt etwas Aggressives und Dominantes aus, das nicht greifbar ist. Als habe sie einen unbändigen Hass gegen alle, aber versucht diesen, durch Geschäftigkeit, zu kanalisieren. Es ist bedrückend. Und eigentlich löst derlei bei mir immer sofort große Traurigkeit aus, aber diesmal hab ich beschlossen, es nicht an mich ranzulassen.

Nicht heute! Denn heute Abend ist Silvester. Und Mazlum will mit mir feiern.

Das Klingeln reißt mich aus meinen Gedanken. Mazlum ruft von unten durchs Treppenhaus hoch, dass ich runter kommen soll. Ich werfe meine Jacke über und meine Mütze, greif nach meiner Tasche und stürme die Treppen runter. Da steht er. Dick eingepackt, wie für eine Expedition, dabei war es heute wieder sonnig und der Schnee ist überall weggetaut... Auf dem Rücken hat er einen riesigen Rucksack.

«Was hast du denn vor? ich dachte, wir wollen Silvester feiern gehen?» Er küsst mich. Küsst mich nochmal und sagt:

«Genau das habe ich vor. Bist du warm genug angezogen?»

Ich muss schmunzeln. Das hat mich zuletzt meine Mutter gefragt. Vor über zwanzig Jahren.

«Ja, bin ich.»

«Gut, dann komm mit!»

Es dämmert, als wir losgehen. Dabei ist es noch nichtmal sechs Uhr. Mazlum schlägt den Weg zum Waldparkviertel ein. Das irritiert mich. Da sind nur schöne riesige Villen, aber keine Kneipen und ich kann mir auch nicht vorstellen, dass er jemanden kennt, der dort wohnt und der solche, wie uns, einladen würde. Aber ich behalte meine Gedanken für mich und trotte ihm nach. Ich bin froh, aus der WG rauszukommen heute Abend. Manuel und Konrad haben heute morgen schon Unmengen an Bierkisten rangeschafft und ich hab nun wirklich keine Lust, mit den Leute zu feiern. Außerdem diese reinen Bierpartys... Ich muss dann dauernd an meinen Vater denken, weil der Geruch mich stets an zuhause erinnert.

Ich hake mich bei Mazlum ein und wir laufen weiter. Mittlerweile ist es dunkel und wir sind in der Panoramastraße. Hier reiht sich ein riesiger Garten an den nächsten und in jedem Garten steht ein großes Haus.

Meistens schöne, alte Jugendstilvillen, aber dazwischen auch einige moderne Häuser, die der Architekt, der sie entworfen hat, bestimmt hübsch fand. Oder auch nicht. Vielleicht hat er diese hässlichen Würfel auch nur entworfen, damit auch der letzte Depp merkt, wie traumhaft schön die alten Häuser im Verhältnis dazu sind. Diese alten Häuser mit ihren Schnörkeln und verspielten Fenstern. Man muss sie lieben, weil sie mit Liebe gebaut wurden.

Plötzlich bleibt Mazlum stehen. Wir stehen vor einem hohen Sandsteinhaus. Im Garten davor ein runder Buchsbaum und ein Steingarten. Außerdem ein Dixi-Klo, eine Schubkarre und eine Palette mit Ziegeln. Im Erdgeschoss brennt Licht, man sieht einen riesigen Tannenbaum und Bücherregale. Aber keine Leute. Die beiden oberen Stockwerke sind nicht beleuchtet. «Wir sind da!»

«Hier sind wir eingeladen?. Wer wohnt denn da?»

«Müllers. Oder Meiers. Oder Hirschfelds. Oder Kronbichlers. Wieso fragst du?»

«Ähm, vielleicht sollte ich wissen, mit wem wir feiern?»

«Ah, ok., Moment..»

Er schaut auf die Klingel: «Breitling»

Ich weiß nicht ganz, was das nun wird und schaue ihn weiter fragend an.

«Die Party findet aber oben statt. Wir nehmen den Aufzug.» sagt er und grinst dabei. Ich bin ratlos. In dem alten Haus soll ein Aufzug sein? Und wieso ist oben die Party, da brennt doch noch nicht mal Licht...? Ich folge ihm durch den Garten hinters Haus. Da stehen noch mehr Ziegelpaletten. Und ein Lastenkran. Mazlum setzt seinen Rucksack ab und stellt ihn in den Dachdeckerlift, in dem sonst die Ziegel nach oben transportiert werden. Er öffnet die Beladungstüre, steigt ein und bietet mir galant die Hand:

«Darf ich Sie bitten mir zu folgen, Mademoiselle?»

Ich starre noch einen Augenblick ungläubig auf Mazlum und den Lift und steige dann einfach zu ihm ein. Er schließt die Tür, kramt einen kleinen Schraubenzieher aus seiner Hosentasche und fummelt an irgendwelchen Drähten rum. Dann zieht er einen Draht aus der Tasche und dreht sich zu mir um:

«Mylady, bitte halten sie sich fest!»

Er dreht den Draht um zwei Teile, schraubt wieder irgendwas, und drückt dann einen Knopf. Es surrt und dann hebt sich mit einem Ruck der Lastenkran und fährt mit uns nach oben. Beinah hätt ich los geschrien. Es geht erstaunlich schnell. Mir wird fast schlecht. Es ist irre hoch. Ein zweiter Ruck signalisiert das Ende der Fahrt. Mazlum klettert über das hintere Gitter aufs Dach. «Gibst du mir mal bitte den Rucksack?» Ich reich ihn ihm rüber. Und halt mich am Rand fest. Der Aufzug summt ganz komisch, -ich hab Angst, dass er gleich im Höllentempo mit mir alleine nach unten stürzt. Dann sterb ich noch vorm Jahreswechsel. Ich schau ängstlich zu Mazlum. Der bemerkt mich und meine Angst aber gar nicht. Er holt aus dem Rucksack eine riesige Thermo-Decke und breitet sie auf dem bereits neuen Ziegeldach aus. Dann holt er eine Fla-sche Sekt, die er, damit sie nicht runter kullert, hinter einen Kamin stellt. Der Rucksack ist schwer genug, um allein auf dem Dach liegen zu bleiben. Dann kommt er zu mir.

«Du musst keine Angst haben, Süße.»

Er streckt mir beide Hände entgegen und hilft mir aussteigen. Ich krieche auf allen Vieren übers Dach zu der Decke und setz mich drauf. Zum Glück ist das Dach nicht sehr steil, aber ein bißchen unheimlich ist mir das doch. «Von hier hat man den schönsten Blick über die Stadt und vor allem auf das Feuerwerk!» erklärt Mazlum mir. Er zieht zwei Sektgläser aus seinem Rucksack und öffnet die Sektflasche. Der Korken knallt laut und fliegt übers Dach nach unten. Er schenkt die Gläser voll.

«Und was, wenn die uns hören?»

Mazlum schüttelt den Kopf und gibt mir ein Glas.

«Die Fenster von denen sind ökologisch korrekt doppeltverglast. Und um zwölf, wenn die mal kurz rauskommen, ist es eh so laut, das die uns hier oben nicht hören. Oder hast du vor, laut um Hilfe zu schreien?»

Er grinst schon wieder. Und das ist gut. Denn Mazlums Grinsen vertreibt mir die Angst. Wir stoßen an.

«Lechajm!» sag ich.

«Scherefe!» sagt Mazlum.

Wir trinken. Der Sekt prickelt im Hals. Ein wunderbares Gefühl. Ich lege mich zurück. Mazlum legt sich

neben mich und stützt seinen Kopf auf den angewin-
kelten Arm. Er betrachtet mich:

«Du bist sooo schön.»

Ich weiß nicht, was ich dazu sagen soll. Ich finds
schön, dass er mich schön findet. Ich finde ihn auch
schön. Sehr sogar. Und das sag ich ihm dann auch. Er
streichelt mein Gesicht. Ich setz mich auf:

«Machst du das öfter?»

«Was?»

«Na, so Lastkräne knacken und auf fremde Dächer
fahren, um dann Frauen zu verführen?»

«Oh, da fällt mir was ein!» ruft er und greift nach seinem Rucksack. Er holt Dürüm, Sucuk, Oliven, einge-
legte Datteln, Chips, Nüsse, Sonnenblumenkerne und
schließlich noch Lokum hervor und stellt es über uns
aufs Dach.

«Bedien dich!»

Ich habe Hunger. Wir essen und genießen den Blick
über die Stadt. Er zeigt mir, wo er wohnt, und andere
Plätze, die ihm wichtig sind. Er lebt noch immer im
Haus, in dem auch seine Eltern leben, aber er teilt sich
mit seinem Bruder die kleine Wohnung darunter. Er

zeigt mir, wo ich wohne und wo das Altenheim ist. Für mich sind das alles nur bunte Lichter... diese Stadt. Dann zeigt er mir, wie man den weltbesten Dürümbelag macht. Er zeigt mir, wie man Sonnenblumenkerne nur mit den Zähnen knackt, und er zeigt mir, dass Sekt, den ich aus seinem Mund trinke, viel weniger betrunken macht, als der aus dem Glas. Immer wieder geht irgendwo eine einzelne Rakete hoch. Ich bin glücklich.

Wir reden, wir schmusen, wir küssen uns.

Dann essen wir wieder was, wir trinken und wir starren wortlos in de Sternenhimmel. Als das Feuerwerk endlich losgeht, haben wir den besten Blick der ganzen Stadt. Und als es anfängt zu regnen, packen wir blitzschnell unsere Sachen zusammen. Wir fahren beschwipst nach unten und schleichen uns fort aus dem Garten, hin zu Mazlums Zuhause.

§ 41

Im neuen Jahr wache ich in Mazlums Wohnung auf. In Mazlums Bett.

Ohne Mazlum.

Aber ich entdecke ihn gleich, weil er mit einem Tablett mit zwei Tassen dampfenden Kaffees reinkommt.

«Kein Tee?» frag ich neckisch.

Er stellt das Tablett ab, schmeißt eine rumliegende Socke nach mir und nimmt das Tablett wieder auf.

«Das ist ein wunderbares türkisches Frühstück à la Mazlum!»

Er stellt das Tablett auf dem Bett ab und setzt sich zu mir. Neben den Tassen liegen Zucker, Milch und eine Packung Lebkuchen.

«Sehr türkisch» bestätige ich ihm.

Wir kauen schweigend die Lebkuchen. Ich nehm einen Schluck Kaffee. Perfekt. Es ist alles perfekt... -bis Mazlum eine Frage stellt: «Was willst du jetzt eigentlich machen, wenn Herr Jakob weggeht?»

«Ich weiß es noch nicht...» Ich merke wie alle Leichtigkeit von mir weicht. Der Lebkuchen schmeckt nicht mehr. Und der Kaffee ist viel zu heiß. Und irgendwie muss ich jetzt aufs Klo, glaub ich. Mazlum will noch was sagen, aber ich bin schon raus aus dem Bett. Zweite Tür links. Und da renn ich dann hin und setz mich neben das Klo und heule los. Wenn ich nur kotzen könnte, dann gings mir sicher gleich besser, so aber fühl ich mich nur elendig und schlecht. Und deshalb kullern sie auch in Massen die mistverkackten Tränen, die immer dann nach draußen wollen, wenn mir die Zukunft Angst macht.

Irgendwann klopft Mazlum. «Ist alles ok bei dir da drin?» Ich öffne die Tür und fall über ihn her. Ich bedecke jeden Fleck seines Körpers mit Küssen. Ich saug mich an ihm fest. Ich kralle mich in seine Haare und umschlinge ihn mit meinen Beinen. Er trägt mich zurück ins Zimmer, ins Bett. Er nimmt mich hart; anders hätte ich ihn auch nicht losgelassen und danach schließt er mich fest in seine Arme.

Aber das hilft auch nicht gegen die Unruhe in meinem Kopf.

Im Gegenteil.

Das macht sie nur noch schlimmer. Je zärtlicher und entschlossener er agiert, desto nervöser und abweisender werde ich. Schließlich befreie ich mich aus seinen Armen.

«Ich muss jetzt gehen.»

«Jetzt ? Bleib doch noch..»

Ich schüttle den Kopf und bin schon dabei mich anzu-
ziehen.

«..aber heut Abend kommst du nochmal ins Heim,
oder? Herr Jakob feiert seinen Abschied, und ich hab
heut Nachtdienst, da bleib ich gleich im Anschluss
da.»

«Ja, ich denke schon. Ich versuch zu kommen, aber
ich muss noch einige Sachen erledigen...»

Er hat diesen Aber-du-musst-wirklich-kommen-Blick
drauf, aber er sagt nichts. Er schaut nur traurig. Und
wenn einer mit so traurigen Augen schaut, dann ist das
wie ein Messer im Herz. Aber das steckt nicht einfach
nur da drin...- es wird gedreht. Ich versuche noch etwas zu retten:

«Danke für den schönen Silvesterabend. Das war sehr
aufregend»

Es klingt wie Auf Wiedersehen, Ihre Gegenwart ist
mir unangenehm und so sieht Mazlums Gesicht nun
auch aus. Dabei war das nun wirklich lieb gemeint.

§ 42

Als ich in die WG zurück komme, liegen wie erwartet, einige Bierleichen im Flur. Und leider auch zwei Typen, die ich noch nie zuvor gesehen habe, in meinem Zimmer. Einer schnarcht auf dem Teppich, der andere quer über meinem Bett. Ich rüttle die Schlafenden wach und schick sie aus meinem Zimmer. Ich schließe die Tür. Was für ein ungemütliches Zuhause. Was für ein schrecklicher Geruch. Ich geh zum Fenster und will es öffnen, da seh ich es. Die Eisprinzessin. Ich vergesse sogar, das Fenster zu öffnen... Jemand hat ihr die Haare abgeschnitten, das Kleid angekokelt und eine Zigarette in den Mund gestopft. Sie sieht aus wie ein Wrack. Wie etwas Schönes, was kaputt gegangen ist.

Meine Eisprinzessin.

Ich fass es nicht. Ich zieh die Zigarette aus dem Mund. Wer zum Teufel macht so was? Und warum? Fassungslos streichle ich ihr über die silbernen Stoppeln am Kopf. Das Kleid ist so stark angekokelt und hochgebrannt, dass man die staksigen Holzbeine sehen kann.

Sie ist keine Prinzessin mehr, sie ist eine kaputte Puppe.

Mir wird schlecht. Jetzt öffne ich das Fenster. Es ist warm und sonnig. Viel zu warm für einen ersten Januar. Und viel zu warm für die Kälte, die ich jetzt bräuchte, um runter zu kommen.

Verdammt verdammt verdammt.

Warum bin ich nicht hiergeblieben?

Warum hab ich die Tür nicht abgeschlossen oder warum hab ich die Marionetten nicht mitgenommen? Hektisch schaue ich nach dem Uhrmacher. Er ist völlig unversehrt. Was ein Glück. Wenigstens einer ist noch einsatzfähig. Wie soll ich die Eisprinzessin nur je wieder hinkriegen?

Meine Gedanken rennen hin und her. Alles geht durcheinander. Wieso passiert sowas eigentlich immer nur mir? Als hätte sich alles gegen mich verschworen.

Mein Leben ist ein Beleg für Murphys Gesetz: Alles was schiefgehen kann, geht schief. Aber das Gesetz wurde extra für mich noch erweitert: Alles was schief gehen kann, geht schief und sogar alles, was sonst nicht schief gehen kann, geht schief. Dinge, die sonst überall funktionieren...

Ich krame in meinem Schrank. Irgendwo hab ich eine Tüte mit Wolle und Stoffresten. Vielleicht kann ich die Prinzessin ja doch reparieren. Unter dem Schlafsack finde ich die Tüte tatsächlich. Ein Überbleibsel aus Lisas Anfangszeit. Da wollte sie nämlich Patchwork-decken nähen und hatte sich mit allerlei Sachen dafür eingedeckt. Aber irgendwann hat sie das Interesse daran verloren und wollte alles wegwerfen. Ich hatte eine Tüte gerettet, weil ich mir dachte, dass man nie weiß, wofür man so was mal gebrauchen kann. Und jetzt kann ich es gebrauchen.

Ich schütte den Tüteninhalt auf den Boden. Ein Schatz. Ich beginne wieder Mut zu fassen. Vielleicht kann ich damit die Puppe wieder zu einer ansehnlichen Prinzessin machen. Ach was, vielleicht. Ganz sicher sogar. Schließlich haben Matteo und ich sie auch mehrmals umgestaltet, wenn ein Stück das erfordert hat. Nun erfordert es eben das Leben, und nicht das Theater...

Ich lege die dicken Wollknäuel nebeneinander. Grün. Lila, Rot, Gelb, Blau und Schwarz. Das werden ihre neuen Haare. Ich beginne die silbernen kurzen Stoppeln mit den einzelnen Wollfäden zu verknüpfen. Es ist ein wenig kompliziert, denn die Stoppel sind dünn und die Wollfäden dick, aber es gelingt mir. Es sieht sogar ganz hübsch aus. Also, vielleicht nicht mehr wie eine Eis-Prinzessin, aber wie ein buntes Wolkenkind durchaus. Jedenfalls sieht sie nun nicht mehr so zerstört aus. Ich hab sogar das Gefühl, dass sie mich anlächelt, die kleine Prinzessin. Zwei Stunden später sind keine Stoppeln mehr zu sehen. Nur eine bunte Wollhaarpracht über dem zarten Puppengesicht. Nun noch das Kleid. Ich schneide die verkohlten Stellen weg. Sie riechen entsetzlich. Dann schneide ich verschiedene Stoffreste zurecht. Ein Ministückchen Silberstoff ist sogar dabei, das werde ich ihr vorne als Schürze nähen. Dann hat sie zumindest noch einen Rest Prinzessin an sich. Dummerweise hab ich aber kein Garn. Nadeln in allen Größen sind in der Tüte, Wolle und Stoffe, aber kein Nähgarn. Was nun? Ich steh auf und schaue raus auf die Straße. Da ist es immer noch ruhig. Wo krieg ich jetzt, an einem Feiertag, Garn her? Ich tigere in meinem Zimmer auf und ab. Dann kommt mir die Idee mit der Küche. Ich öffne die Türe, klettere über die immer noch rumliegenden Leute und geh direkt zum Küchenschrank. Im mittleren Fach ist eine Schublade mit allerlei Krimskrams drin. Geschenkband, Pflaster, Reißnägel, Tesafilm, Büroklammern, Topflappen, Hustenbonbons usw. Vielleicht finde ich da auch Garn. Aber da ist keins. Ich will grade zurück in mein Zimmer, als Manuel im Türrahmen auftaucht. «Happy New Year, Mila!» sagt er und wankt an mir vorbei. Ich antworte nicht und geh zurück in mein Zimmer. Ich hab keine Lust, ihm ein gutes neues Jahr, zu wünschen. Ich hab jetzt anderes zu tun...

Im Zimmer kommt mir eine Idee. Ich kann das Garn aus meinem alten Mantel raustrennen und für das Kleid der Prinzessin benutzen. Den zieh ich eh nie an. Ich dreh den Mantel auf links und schneide das Garn ein. Und dann zieh ich Stück für Stück vorsichtig aus der Naht raus. Wer sagts denn... ich hab doch Garn. Nach einer weiteren Stunde ist der Mantel an der rechten Seite komplett aufgetrennt und ich habe eine Menge Garn. Draußen scheinen die Bierleichen langsam aufzuwachen. Man hört Geräusche. Um genau zu sein hört man Kotzen und Schimpfen, Labern und Lachen. Irgendwann klopft jemand an meiner Zimmertür. Ich rufe nein und habe Glück, denn niemand steckt seinen Kopf herein. Ich will keinen von denen sehen. Keinen Einzigen. Ich habe zu tun.

Jetzt beginne ich ein Stoffstück nach dem anderen anzunähen. Das wird ein sehr buntes Kleid. Mit vielen Mustern. Und zum Schluss einer silbernen Schürze. Fertig. Ich hänge sie an ihren Platz am Fenster und trete ein Stück zurück, um sie zu betrachten. Sie lächelt mich an. Wirklich. Sie lächelt.

Das kunterbunte Zauselding. Die Lumpenprinzessin. Ich hänge sie wieder neben den Uhrmacher.

Die Lumpenprinzessin und der Uhrmacher.

Das klingt gut. Ich brauch nun nur noch eine Geschichte dazu und vielleicht ein, zwei andere Figuren...

§ 43

Am frühen Abend komm ich raus aus meinem Zimmer. Ich schmiere mir ein Brot in der Küche. Konrad, Cecile und Manuel sind dabei aufzuräumen. Ich helfe noch ein bisschen, sammle Flaschen zusammen, stopfe leere Chipstüten und anderen Müll in einen blauen Müllsack und wische den Tisch ab. Dann pack ich meinen Laptop in die Tasche (die Sonnenuntergangsmaschine für Rosalind!) und mach ich mich auf den Weg zum Altenheim. Heute ist es mir egal, wenn ich auf Frau Heckmann treffe. Heute ist ganz offiziell die Verabschiedung von Herrn Jakob.

Als ich den Seniorenstift betrete, höre ich schon Herrn Jakob im Gemeinschaftsraum eine kleine Rede halten:« ...was sich ja so gehört heutzutage!!! Verstehen Sie? Normalerweise zieht man hier nur aus, wenn man sich für einen schicken kleinen Sarg entschieden hat. Ich wollte aber nochmal was Größeres. Und etwas in der Nähe meines Sohnes, denn ich habe hier gelernt, dass es wichtig ist, Kinder zu haben. Spätestens, wenn man selbst noch weniger kann als ich jetzt gerade!

Und deshalb..» Grob packt mich jemand am Arm und zieht mich ins Pflegezimmer. Es ist Mazlum. «Aua» schrei ich ihn an und reibe mir den Arm. Das hat richtig weh getan. «Spinnst du? was soll denn das?» Er schließt die Tür und funkelt mich böse an: «Wann wolltest du mir denn mitteilen, dass du mich sitzen lässt?»

«Was? Wie kommst du denn drauf?»

«Herr Jakob hat mir gesagt, du gehst vielleicht weg!»

Ich starre zu Boden, weil ich dort die richtigen Worte zu finden hoffe. Aber der Boden schweigt... also muss ich es selbst versuchen:

«Nein. So ist das nicht. Ich seh nur grade hier keine richtige Zukunft für mich... -Ich will hier so nicht weitermachen... Nicht wieder zurück zum Arbeitsamt gehen und in die nächste Arbeitsbeschaffungsmaßnahme gesteckt werden. Und ich mag auch nicht mehr in meiner WG wohnen. Ich würde vielleicht gerne mit den Puppen wieder losziehen, aber dafür fehlt mir alles und deshalb weiß ich eben nicht, wie das alles weiter geht.»

Er braust los:

«Na super. Du Du Du. Ich dachte, es gibt inzwischen ein Wir? Komm ich in deinen Planungen auch zufällig irgendwo vor?»

Ich trau mich nicht ihn anzublicken. Und ich weiß nicht, was ich sagen soll, rede dann aber trotzdem, weil ich ja jetzt was sagen muss:

«Ich wusste ja nicht, ob dir das ernst ist mit uns...»

«Kannst du ja auch nicht wissen. Du bist heut morgen ja regelrecht vor mir geflohen. Vielleicht hätt ich ja eine Lösung für dich gehabt. Vielleicht hätt ich dir ja auch helfen können.»

Er greift nach einem Stapel Papier und knallt es vor mich auf den Tisch. «Das hier, das habe ich gestern für dich klargemacht, Mila. Das ist ein kleiner Laden, der gehört einem Freund von mir. Und in diesem kleinen Laden hätten wir hervorragend ein kleines Theater einrichten können. Ich hatte schon Pläne. Ich habe schon überlegt, wie wir gemeinsam deine Puppen dort tanzen lassen könnten. Ich hab heute vormittag sogar schon angefangen, ein Stück zu schreiben, für deine Eisprinzessin und den Uhrmacher. Ich habe rumgefragt nach alten Marionetten. Verdammt, Mila - das wär auch für mich eine Chance gewesen etwas Neues zu machen! Mit dir!»

Er dreht sich um und geht. Lässt mich einfach stehen. Draußen klatscht das alte Publikum. Herr Jakob hat seine Rede offenbar beendet.

Ich schaue kurz auf die Papiere. Photokopien von dem Laden. Ein Lageplan. Kostenvoranschläge. Ein Bild vom Innenraum. Schöne alte Holzdielen. Großes Glasfenster. Ein niedlicher kleiner Laden. Ein kleines Theater. Luftschloss hat Mazlum darüber geschrieben und es zweimal unterstrichen.

Ich leg die Blätter zurück auf den Tisch und will nach draußen, als Frau Heckmann sich in der Tür vor mir aufbaut:

«Was machen Sie hier Frau Mrozek?»

Die hat mir grade noch gefehlt.

«Ich bin zum Abschied von Herrn Jakob eingeladen.» sag ich mit der unschuldigsten Stimme, die ich habe.

«Der findet da draußen statt. Zu den Personalräumen haben Gäste keinen Zutritt!» faucht sie. Ich quetsche mich an ihr vorbei nach draußen und geh in den Ge-meinschaftsraum. Herr Jakob schüttelt dem einen oder anderen Bewohner die Hand und klopft dem einen oder anderen auf die Schulter. Schließlich steht er vor mir. «Auch ein Gläschen Sekt, Mila?» Ich verneine, nehm dann doch ein Glas vom Buffet und trinke es in einem Zug leer. «Ich muss Sie nochmal unter vier Augen sprechen!» sagt Herr Jakob und schiebt mich in Richtung seines Zimmers. Es sieht unglaublich aufgeräumt aus.

Kein Schachbrett, keine Bücher. Nichts.

«Haben Sie schon alles zusammengepackt?»

«Ja, mein Sohn holt mich morgen früh ab. Es ist nur noch das Nötigste draußen. »

Wir setzen uns an den kleinen Tisch, der ohne Dame, König und Bauer unglaublich kahl wirkt. Das ganze Zimmer sieht kahl aus, als wäre er schon fort. Aber er sitzt ja direkt vor mir.

«Es tut mir leid, Mila. Ich habe nicht gewusst, dass Sie mit Mazlum so -wie sagt man heute?- liiert ist es nicht, aber so ähnlich heisst es doch? Na, Sie wissen, was ich meine, nicht wahr? Jedenfalls fürchte ich, ich habe mich verplappert. Sie werden ja sicher Ihre

Gründe gehabt haben, ihn nicht in Ihre Überlegungen mit ein zu beziehen....»

Herr Jakob macht eine Pause...

«...naja, das geht mich auch nichts an».

Er greift in seine Brusttasche, ich erschrecke, springe auf und stürme zu ihm, weil ich denke, er braucht sein Spray, doch er wehrt ab. Lacht. «Ich hab heute eine doppelte Ladung Kortison bekommen, ich bekomme heut bestimmt keinen Anfall mehr!» Er zieht einen Umschlag hervor und legt ihn vor mich. «Mila, Sie haben mir die letzten Wochen wirklich viel Freude bereitet. Verstehen Sie? Ich möchte mich dafür noch einmal bedanken. Sie finden hier drin meine neue Münchner Adresse. Die Adresse von meinem Sohn und ein kleines Startkapital. Beleidigen Sie mich nicht, in dem Sie es ablehnen. Sie werden es gut gebrauchen können und außerdem hab ich Sie ja quasi so kurzfristig gekündigt, dass Sie Anspruch auf eine Art Lohnfortzahlung haben. Das steht so im § 620 BGB. Naja, um ehrlich zu sein, steht das so nicht drin, aber diese juristischen Feinheiten brauchen Sie nicht zu interessieren, und ich teile Ihnen das auch nur mit, weil Sie das Geld einfach annehmen müssen. Zur Not würde ich das juristisch gegen Sie durchsetzen. Verlassen Sie sich drauf. Jedenfalls... » Er schiebt den Umschlag noch etwas näher zu mir, «Bitteschön!»

Er räuspert sich, streichelt sich nervös übers Bein und sagt dann schließlich: «Sie können mich ja auch mal in München besuchen.» Einen Moment überlege ich, das Geld abzulehnen. Aber dann entschließe ich mich, es doch zu nehmen. Ich hab nämlich nur noch zehn Euro im Geldbeutel und das Konto ist komplett leer und ich kann es ihm vielleicht ja doch irgendwann zurückgeben...

Ich bedanke mich.

Ich verspreche, mich zu melden.

Ich nehme ihn fest in meine Arme.

«Und nun machen Sie, dass Sie rauskommen, Mila! ich kann lange Abschiede nicht leiden!» Ich eile aus der Tür, winke nochmal kurz und lächle. Denn man soll nie traurig gucken beim letzten Mal. Das hab ich mir gemerkt.

Draußen im Flur weiß ich einen Augenblick lang nicht wohin. Soll ich versuchen Mazlum zu finden und nochmal in Ruhe mit ihm zu reden? Oder soll ich lieber nach Hause gehen..? Dann fällt mir der Laptop ein. Natürlich. Rosalind. Die hätte ich beinahe vergessen. Ich hab ihr doch versprochen, dass sie nochmal einen Sonnenuntergang mit mir gucken kann. Wo war die eigentlich vorhin? Ich gehe zu ihrem Zimmer und klopfe an. Dann öffne ich die Tür. Sie liegt in ihrem Bett und schläft. Ich geh zu ihr und streichle vorsichtig über ihren Arm. «Rosalind? Hallo?» Sie reagiert nicht. «Rosalind? Rosalind? ich hab hier die Sonne für dich!» Keine Reaktion. «ich hab die Sonnenuntergangsmaschine dabei.» Sie öffnet minimal die Augen, aber dann fallen sie ihr wieder zu. Ich schaue auf den Nachttisch neben ihrem Bett. Da liegt in einem Pappschälchen eine leere Spritze. Disoprivan 1%. Scheiße. Da hat ihr jemand einen richtige Hammer verpasst. Verdammt nochmal. Das kann bei so einem kleinen Persönchen doch fast tödlich sein. Da muss man doch aufpassen. Ich rüttle sie nochmal. Sie wird nicht wach. Mir wird schwindelig.

Ich muss hier raus.

Ganz schnell.

Ich stürme raus, stoße auf dem Flur fast mit Mazlum zusammen, bleibe aber nicht stehen, sondern renne weiter... an ihm vorbei... nach draußen.

Einfach nur fort.

Raus.

An der frischen Luft fühl ich mich dann besser.

Ich kotze nicht. Ich atme.

Atmen ist gut.

Es ist inzwischen stockdunkel. Das ist gut. In der Dunkelheit fühl ich mich viel sicherer. Man verschwindet nämlich fast in der Farbe der Nacht. Man kann seine Seele und sein Gesicht verstecken. Das hilft. Es ist wirklich viel angenehmer und sicherer im Dunkeln. Ich laufe durch die Allee. Die führt mich zwar nicht nach Hause, aber da will ich grad auch nicht hin. Ich muss jetzt einfach ein bisschen an der frischen Luft spazieren. Die Dunkelheit einatmen. Die Seele lüften. Gedanken ordnen. Ich schaue zu den hohen alten Platanen hoch. Wie schön wäre es, sie hätten auch jetzt im Winter noch Laub und würden mir was rauschen. Ein raschelndes Baumlied. So, wie es im Sommer manchmal klingt, wenn man nächtens unter ihnen spazieren geht. Ich folge der Allee bis zum Stadtpark. Der hat nachts geschlossen. Man muss über den Zaun klettern, wenn man zum See will.

ich will zum See.

Ich klettere also über den Zaun und geh zum See. Auf einem riesigen Rundling am Rande des Wassers lass ich mich nieder. Wie ruhig das Wasser liegt. Vor einigen Tagen war der See noch halb zugefroren. Jetzt aber liegt nirgends mehr noch Eis. Nur der Mond spiegelt sich kühl im Wasser.

Hier ist es schön. Warum kann die Welt nicht so sein wie dieser See im Mondlicht. Friedlich, schön und glänzend? Warum müssen alle möglichen Dinge passieren, die das Leben so kompliziert machen? Ich lasse das letzte Jahr vor meinem inneren Auge Revue passieren... die ersten Wochen in der WG waren schlimm. Weil ich mich erstmal wieder dran gewöhnen musste, irgendwo zu wohnen. Und weil ich mich daran gewöhnen musste, ein normales Leben zu führen. Also eins, dass die Leute normal nennen. Ein Leben bestehend aus Meldebescheinigung, Mietvertrag und Wohngeldantrag. Ein Leben, bei dem der Tag am

Morgen anfängt und am Abend aufhört. Ein Leben mit Vorschriften und Paragraphen. Mit lauter Dingen, die dein Leben regeln. Aber sie regeln es eben nicht nur. Sie bestimmen es regelrecht. Sie schränken es ein. Sie können sogar lebensgefährlich sein, wie man an Faris sieht... sogar dann, wenn sie rechtens sind. Es ist auch rechtens, dass Frau Zimmermann keine weitere Therapie mehr bekommt. Die Paragraphen der Krankenkasse sehen das so vor. Und auch dass Rosalind ruhig gestellt wird, hat bestimmt eine rechtliche Grundlage. Juristisch dürfte das alles voll korrekt sein. Vermutlich ist das sogar dann noch korrekt, wenn sie dabei drauf ginge...

Ich greife mir ein paar Kiesel und versuche, den Mond im Teich, damit zu treffen. Nach dem ersten Stein wirft der Mond Wellen. Jetzt kann man ihn überall treffen... auf vielen kleinen Wellen im See...

Ich schleudere eine Handvoll Kiesel ins Wasser. Jetzt sieht es aus wie ein Wasser-Feuerwerk! Und der Mond besteht aus vielen kleinen tanzenden Lichtern.

Ich warte, bis sich das Wasser im See wieder beruhigt hat. Dann werfe ich wieder einzelne Kiesel auf den Mond im Wasser.

Den Mond im See kann ich tanzen lassen.

Den Mond am Himmel nicht.

Und plötzlich wird mir etwas klar: Man muss den Mond tanzen lassen, den man erreichen kann.

Ich bleibe die ganze Nacht auf dem Rundling sitzen.

Ich schaue dem Mond beim Tanzen im Wasser zu. Erst als es dämmert, mach ich mich auf den Weg in die WG.

§ 44

Kaum in der WG, hab ich viel zu tun.

-Ich packe alle meine Sachen zusammen.

-Ich schreibe Manuel eine Kündigung für das Zimmer.

-Ich lege die Schlüssel auf den Küchentisch.

und dann...

nehm ich meine Lumpenprinzessin und den Uhrmacher und meinen Koffer und zieh die Tür hinter mir zu.

Ein neues Leben.

Man muss den Mond tanzen lassen, den man erreichen kann.

Ich mach mich auf den Weg zu Mazlum.

Mazlum ist ein schräger Vogel.

Aber Luftschlösser...

Luftschlösser baut man am besten mit schrägen Vögeln...

Danke...

Danke an alle, die mir bei der aufwändigen Recherche für dieses Buch geholfen haben, vor allem an Serdar H. für seine Geschichten, Gudrun, Ingrid und Marlies für die Ausführungen zur Altenpflege, dem Asylcafé Mannheim und Hermann für die Erläuterungen zu den juristischen Feinheiten, Dimitros, Jan, Melanie, Ella und Lea für ihre Erzählungen aus den Heimen und Ämtern. Leif Kuse danke ich für die Ausführungen zu Polizeihunden, Hermann Daniel für die Erläuterungen zu Polizeieinsätzen und Götz Münstermann für die Ablenkung. Kerstin und Alexander danke ich fürs Testlesen, und schließlich Ricky Syers Ricky und Frau Balaç für die Inspiration. Besonderen Dank auch an Andrea Livnat fürs kritische Gegenlesen und an Doro Nickl-Dobler fürs Cover. Und natürlich den meisten Dank an meinen Mann Peter, ohne den das alles sowieso nicht funktionieren würde. Ihr seid alle Gold, Zucker und Honig!